Titolo originale: *The Day Joanie Frankenhauser Became a Boy*

Questa edizione è pubblicata in accordo con Dutton Children's Book,
socio di Penguin Group (USA) Inc.

Traduzione: *Stefania De Franco*

Illustrazioni: *Duccio Boscoli*
Progetto grafico e art direction: *Lorenzo Pacini*
Redazione e impaginazione: *Il Paragrafo, Udine*

www.giunti.it

Via Bolognese, 165 - 50139 Firenze - Italia
Via Dante, 4 - 20121 Milano - Italia

Prima edizione: aprile 2008

Ristampa	Anno
6 5 4 3 2 1	2012 2011 2010 2009

Stampato presso Giunti Industrie Grafiche S.p.A. – Stabilimento di Prato

Francess Lantz

Joanie il maschiaccio

Illustrazioni di Duccio Boscoli

GIUNTI Junior

A quei "grandi" che sono stati fondamentali nella mia vita:
i miei genitori, Frank Griswold e la vera professoressa Anstine.

Ringrazio:
Sandy Asher per aver acquistato la storia originale;
Kendra Marcus per avermi suggerito di farne un racconto;
Meredith Mundy Wasinger per avermi aiutato a realizzare il libro;
Dottie, Ed e Christine per l'uso della stanza e del computer;
Lou Lynda Richards ed Ermila Moodley per le osservazioni e per il cibo;
John Landsberg un po' per tutto;
e Preston Landsberg perché mi ama anche se non ho ancora scritto un libro sulle macchine.

Cap. 1

8 SETTEMBRE

ore 16.01

«Passa! Sono libera!» urlo, agitando le braccia come una pazza per farmi notare da Randy Soworski, il capitano della mia squadra.

Lui però m'ignora e passa a Chad Taylor. A Chad, che è circondato da sei difensori e non riuscirebbe a intercettare una pallina da tennis neanche con una tuta di velcro! Ovviamente Chad manca la presa e un avversario s'impossessa della palla e corre verso la meta.

Due minuti dopo, la partita è finita e io mi fermo a bordo campo a osservare le cheerleaders della Mount Washington School che fanno le prove sull'asfalto. Dodici ragazzine in maglietta verde acido e ombelico di fuori fanno del loro meglio per somigliare alle ballerine dei video di MTV, ma sembrano solo bambine delle scuole elementari con i ragni nelle mutande.

«Ehi, Joanie!»

Alzo gli occhi e vedo la mamma che mi saluta dal parcheggio. Non viene mai alle mie partite, perché quelle di mio fratello sono alla stessa ora. Lui gioca nella lega giovanile di tackle football, quello con la divisa e il casco. Io, invece, gioco a flag football – niente contrasti e niente divisa, a parte le bandierine di velcro fissate alla vita – nel campionato interscolastico.

«Abbiamo perso 46 a 0» brontolo entrando in macchina. «Ero sempre libera, ma Randy non mi ha mai passato la palla perché sono una femmina».

«Magari non vuole che ti faccia male» dice la mamma inarcando le sopracciglia. «Forse gli piaci».

«Forse è solo un idiota e non vuole ammettere che sono la migliore della squadra».

La mamma mi ignora e si dirige verso le ragazzine che ballano.

«Sembra divertente».

Io mugolo e roteo gli occhi.

«Divertente è il tackle football. Se Stuart può farlo, perché io non posso?»

«Stuart ha tre anni più di te e ha il fisico giusto per il football».

«Ma, mamma, è come me!»

Lei sorride.

«Non ancora per molto. Stai crescendo, Joanie».

«Dillo, mamma. È perché sono una femmina. Ecco perché non vuoi che io giochi».

«Certo che sei una femmina» replica lei. «Che c'è di male?»

"Tutto!" vorrei urlare. "Proprio tutto!"

ore 17.52

La mamma entra in sala da pranzo con un vassoio di pesce circondato da spicchi di limone e annuncia:

«La cena è pronta: sogliola alla mugnaia».

A tavola nessuno si sorprende, anche se i miei fratelli e io sappiamo bene che la maggior parte delle mamme per cena fa hamburger o pizza al microonde. La nostra insegna economia domestica alle superiori e si diverte a cucire, arredare la casa e preparare piatti elaborati.

Ovviamente papà sorride beato, proprio come ogni sera.

«Ha un ottimo aspetto, Priscilla» dice.

«Sogliola alla muuuu» commenta Stuart infilandosi un dito in gola come se stesse per vomitare.

Rob, mio fratello di sedici anni, ridacchia e dice:

«Sogliola della Nike con salsa di vomito e spicchi di limone. *C'est magnifique!*»

Io scoppio a ridere e papà mi rivolge uno sguardo di disapprovazione. A me! Rob e Stuart possono fare il rumore delle scoregge con le ascelle e i miei si limitano ad alzare gli occhi. Invece basta che io rida un po' più forte del normale e me li ritrovo addosso come due attaccanti sul capitano avversario.

«Non ho detto niente» protesto.

La mamma però mi zittisce:

«Ragazzi, vostro padre e io dobbiamo dirvi una cosa».

Papà si schiarisce la voce come fa sempre prima di un annuncio importante, per esempio quando comunica ai suoi pazienti che hanno una malattia incurabile o a noi che siamo in punizione per un secolo.

«Ci trasferiamo» dice.

«Cosa?» chiedo allibita.

Stuart, che sta sempre stravaccato sulla sedia, si raddrizza e grida:

«E dove?».

«A Yardville, in Pennsylvania» risponde papà.

«C'è un bel centro commerciale» aggiunge la

mamma, neanche fosse un agente immobiliare. «E ottime scuole, per non parlare del fatto che si trova a un'oretta di treno da Filadelfia e da New York».

«Che schifo» brontola Stuart scostandosi dagli occhi i capelli unti. L'igiene personale non è il suo forte. «Io non voglio cambiare scuola».

«E io?» strillo. «Sono all'ultimo anno. O mi iscrivo alla Mount Washington o niente».

«Andare in una scuola nuova è come entrare in territorio nemico» dice Rob più accigliato del solito, allontanando con la forchetta un pezzo di pesce. «Perché mai dovremmo lasciare Boston?»

«L'ospedale chiude» spiega papà. «Una struttura privata è disposta a occuparsi dei pazienti meno ricchi e mi ha offerto un lavoro, ma non fa per me. Prenderò il posto di un medico di Yardville che va in pensione».

«E poi ne abbiamo abbastanza della città» interviene la mamma. «Compreremo una casa con un giardino enorme. Avremo un arredamento alla francese, una veranda panoramica e un bel giardinetto anche sul retro. Forse proverò a fare le conserve di verdura».

Ora capisco. Vedo già la mamma con il grembiule rosa sgualcito, i barattoli ovunque, la cucina puzzolente di verdura cotta al vapore. In inverno entrerà danzando in sala da pranzo con un vassoio pieno di poltiglia verde. "La cena è pronta: verdura *à la Yardville*". Che schifo!

All'improvviso sento una cosa umida che mi tocca il ginocchio. È il mio cane, Amigo, che mi guarda con occhi dolci e supplichevoli.

"Bene," penso accarezzandogli l'orecchio "almeno per te questo trasloco sarà una bella notizia".

Amigo è un cagnone pieno di vita che, nonostante un anno di scuola d'addestramento, insegue i gatti, scava le buche e salta addosso alle vecchiette. Ecco perché devo tenerlo sempre al guinzaglio quando lo porto fuori. Ma nella casa nuova avrà un bel giardino dove scorrazzare.

Amigo emette un debole guaito.

«Il cane è entrato di nuovo?» sospira la mamma. «Joanie, portalo fuori».

Mentre andiamo in garage, sento lei che dice: «Nella casa nuova gli faremo un recinto. Sono stufa di trovare ovunque i suoi peli».

Addio lato positivo del trasloco! Non ce n'è neanche uno. Amigo verrà chiuso in un recinto per tutto il giorno e io sarò costretta a cominciare la lunga, forse disperata, ricerca di un'amica per la quale farsi i buchi alle orecchie non sia la cosa più importante della vita. Oppure – e questo è ancora più difficile – di un amico che non mi tratti come una bambolina.

Rob sbotta: «Io non ci vengo!».

Tutti si girano verso di lui.

«Non ci vengo» ripete. «Quest'anno abbiamo una squadra fortissima. Sono tutti convinti che vinceremo il campionato».

Anche Rob gioca a football, è il miglior runningback della squadra delle superiori. L'anno scorso ha fatto ben novecento iarde.

«Non ci vengo neanch'io» dice Stuart. «Finalmente l'allenatore mi farà giocare nel ruolo di capitano. Ha detto che posso cominciare verso la fine della stagione».

Colgo al volo la mia occasione: «Io vengo solo a una condizione: giocare nella lega giovanile!».

«No!» gridano mamma e papà in coro.

Rob e Stuart si alzano ed escono dalla stanza senza neanche chiedere il permesso. Sto per alzarmi anch'io, ma papà mi mette una mano sul braccio.

«Questo trasferimento sarà positivo per tutti» mi assicura. «Devi fidarti di me».

Mi guarda come se avesse bisogno di conforto, ma a me non importa. Mi libero della sua mano ed esco di corsa, poi in corridoio mi fermo e ascolto. Dai tonfi regolari, capisco che Rob e Stuart sono nel vialetto a fare tiri nel canestro.

In circostanze normali mi sarei unita a loro, ma quando sono confusa, nervosa o arrabbiata – e in questo momento sono tutte e tre le cose assieme – c'è solo una cosa che mi fa stare meglio.

Questo è un lavoro per Superkid.

ore 18.26

Entro in camera mia, chiudo la porta, sollevo il bordo del materasso e prendo il quaderno. Sulla copertina c'è scritto *Superkid* a pennarello e sotto ho fatto il disegno di un pugno con il sangue che cola dalle nocche.

Nel quaderno ci sono tutte le mie storie segrete. La prima in verità non lo è, anche se ora vorrei che lo fosse. L'ho scritta l'autunno scorso, dopo che la professoressa Pillspring ci ha detto di inventare una storia. "Liberate la vostra immaginazione" ha detto alla classe. "Siate audaci, siate coraggiosi. Scrivete con il cuore".

Il fine settimana prima avevo visto con la mia famiglia *Spiderman*. Forte! Mi è piaciuto un sacco il fatto che tutti idolatravano l'uomo ragno senza sapere che dietro la maschera c'era il timido e goffo Peter Parker.

In quel momento mi è venuta l'idea di Superkid. Tanto tempo fa, Superkid era una povera bambina emarginata e sola, presa in giro dalle compagne di scuola e rifiutata dai maschi. Poi, un giorno, per un esperimento scolastico, raccolse dei campioni di acqua dai torrenti della zona e li esaminò per vedere se erano inquinati. Non poteva sapere che uno dei campioni conteneva le scorie radioattive di un laboratorio segreto diretto dal malvagio Dottor Spavento. Quando le cadde per sbaglio la gomma da masticare nel campione, quella si mischiò alle scorie radioattive ed esplose, facendole schizzare addosso le sostanze chimiche tossiche.

Nelle ventiquattr'ore seguenti il suo corpo acquisì dei superpoteri. All'improvviso, riusciva a correre come un razzo, a fare dei lanci micidiali con la palla e ad andare sullo skateboard meglio di qualunque altro essere umano. Da allora in poi fu "The Kid", un misterioso supereroe la cui vera identità si celava sotto una lucida maschera bianca, rossa e nera.

Ovviamente Superkid giurò di scovare e punire il malvagio Dottor Spavento, e quasi ci riuscì. Ma dopo una sanguinosa resa dei conti, il crudele dottore fuggì, sparendo nella fogna grazie a una pillola che lo aveva trasformato in una poltiglia fangosa.

Finita la mia storia, non vedevo l'ora di darla alla prof. Ero sicura che sarebbe stata contenta di come avevo dato libero sfogo alla mia fantasia. Invece mi ha chiamato alla cattedra e mi ha chiesto: «Qualcuno ti minaccia, Joanie?».

«No».

«E allora che cosa ti ossessiona a tal punto da farti immaginare una storia così vendicativa?»

La professoressa Pillspring ha preso alcune pagine dalla cattedra e me le ha sventolate sotto il naso. È stato allora che ho capito che si riferiva alla mia storia.

«Io... ho solo fatto quello che ci ha detto» le ho spiegato. «Ho liberato la mia immaginazione».

Lei ha aggrottato la fronte.

«È una storia molto inquietante».

«Quella di Riley McDermott parla di uno spirito maligno che mangia i bambini» le ho fatto notare.

«Riley McDermott è un maschio, e i maschi attraversano queste fasi. Ma le femmine...» Poi mi ha guardato. «Hai spesso pensieri violenti e aggressivi, Joanie?»

«No» ho mentito.

In realtà ho tantissimi pensieri assurdi. A volte immagino di essere un ninja in grado di uccidere i cattivi con un calcio in testa. A volte sogno di saper volare. E, in quel preciso momento, stavo fantasticando di strangolare la Pillspring con la prolunga della lavagna luminosa.

Per farla breve, i miei genitori sono stati subito convocati a scuola e si è parlato di mandarmi da uno psicologo. Per fortuna la cosa è finita lì, ma solo dopo la mia promessa a mamma e a papà che non avrei mai più scritto una storia di Superkid in tutta la mia vita.

Dicevo sul serio. Ma poi, quando siamo stati invitati al matrimonio di mio cugino e mia madre mi ha fatto indossare un orribile vestito che aveva cucito con le sue mani, ho improvvisamente, senza neanche volerlo, ricominciato a pensare a Superkid.

Poco dopo ho scritto una storia sul giorno in cui la mamma di Superkid aveva infilato il costume speciale da supereroe nell'asciugatrice e questo si era ristretto. Con addosso un vestito con cui non poteva andare sullo skateboard come si deve, Superkid rischiava la cattura e l'uccisione da parte del Dottor Spavento.

Ora, trascorsi nove mesi, ho un quaderno pieno di storie di Superkid. Nessuno le conosce tranne me, neanche Rob e Stuart, e intendo continuare così.

Mi avvicino in fretta alla porta e ci appoggio l'orecchio. Sento il ronzio della lavastoviglie e in sottofondo il brusio del telegiornale. Sono al sicuro, almeno per qualche minuto. Ritorno sul letto e prendo una penna, poi apro il quaderno e comincio a scrivere.

SUPERKID

in

Oltre le linee nemiche

di Joanie Frankenhauser

Mentre facevo i compiti di matematica è squillato il telefono. Era il capo della polizia. «Superkid, devi aiutarci» ha detto. «Il sindaco è scomparso».

«Di sicuro c'è lo zampino del Dottor Spavento» ho risposto. «Non si preoccupi, capo. Ci penso io».

Ho indossato in fretta e furia il costume di Superkid, mi sono messa la maschera sulla faccia e ho sorriso. Nessuno avrebbe capito che ero una ragazzina di dieci anni. Nessuno avrebbe capito che ero una ragazzina, punto e basta. Ero solo "The Kid", un misterioso supereroe con eccezionali superpoteri.

Sono saltata sulla Kidmobile e mi sono precipitata al laboratorio del Dottor Spavento, un deposito abbandonato in periferia. Il laboratorio era rimasto segreto fino a quando non l'avevo scoperto io. Ormai tutti sapevano dove si trovava. Anzi, proprio quella mattina il Ministero della Salute aveva mandato al Dottor Spavento una grossissima multa per aver scaricato nel torrente scorie radioattive.

"Mmm" mi sono detta. "Tutto ciò avrà forse a che fare con la scomparsa del sindaco?"

Sono saltata fuori dalla Kidmobile e mi sono incamminata verso il deposito. All'improvviso, una misteriosa forza invisibile mi ha bloccato.

Cosa poteva essere? Non lo sapevo, ma l'avrei scoperto!

Mi sono arrampicata sulla Kidmobile e sono saltata sul mio skateboard, lanciandomi come un razzo dal cofano per poi sollevarmi in volo a velocità supersonica.

Ho oltrepassato la barriera invisibile del laboratorio, ma l'impatto è stato così violento che ho perso l'equilibrio e sono finita per terra con un tonfo. Ho scosso la testa, ho guardato verso l'alto e ho visto il Dottor Spavento con il suo esercito di giganteschi topi mutanti.

«Ecco cosa succede quando si entra nel territorio di Spavento!» ha detto il malvagio dottore. «Topi, prendetelo!»

Prima che potessi rimettermi in piedi, i topi mi hanno circondata e mi hanno portata dentro. Incatenato alla parete c'era il sindaco e io sono stata messa in catene accanto a lui.

«Non la farete franca» ho detto.

«L'abbiamo già fatta franca» ha replicato il Dottor Spavento con un ghigno. «Presto annuncerò al mondo che ho rapito sia il sindaco che The Kid. Se il Ministero della Salute vuole rivedervi vivi, dovrà togliermi la multa. Nel frattempo, ho costruito intorno al mio laboratorio un campo di forza ionica con carica superpositiva per tenere lontani gli intrusi».

Ho osservato le pareti scure del covo del dottore. La situazione sembrava disperata.

Perché mai avevo superato il campo di forza? Ho pensato alla mia bella cameretta. Quanto avrei voluto essere lì! Persino i noiosi compiti di matematica mi sembravano meglio di quello che il Dottor Spavento aveva in serbo per me.

Ma poi mi sono ricordata chi ero. Non ero una semplice scolaretta imbranata: ero Superkid, il Supremo Supereroe. Non importava dove mi trovassi – a casa mia o in un luogo spaventoso e sconosciuto – era mio dovere combattere il Male e salvare la situazione.

Ma come? Poi mi è venuto in mente che nel taschino della maglietta avevo il mio miniboomerang. Quando il Dottor Spavento si è girato, sono riuscita a piegarmi in avanti e ad afferrarlo con i denti. Con le mie superdoti atletiche, l'ho lanciato contro i topi. Zzzz! Il miniboomerang ha tagliato la testa del generale! Il sangue del topo è schizzato dappertutto!

Sono rimasti tutti immobili mentre il miniboomerang ritornava da me. L'ho afferrato con i denti. «Liberateci» ho gridato con coraggio «o il Dottor Spavento sarà il prossimo!»

Il Dottor Spavento sapeva di non avere scelta.

«Fate come vi ha detto» ha ringhiato ai topi.

Una volta liberi, io e il sindaco abbiamo attraversato di corsa il deposito. Il Dottor Spavento però ci ha seguiti, sparandoci addosso con la sua pistola laser. Zip! Zip! Mi ha colpito alla spalla.

«Ahi!» ho gridato, ma ho continuato a correre.

Il campo di forza invisibile era davanti a noi. Sono saltata sullo skateboard e ho detto al sindaco di aggrapparsi alla mia schiena. Poi sono partita come una scheggia e abbiamo attraversato la barriera di ioni alla velocità della luce.

Mentre sfrecciavamo via con la Kidmobile, il sindaco si è girato verso di me.

«Mi hai salvato la vita» ha detto. «Ma Kid, tu sei ferito!»

Mi sono toccata il punto sanguinante e poi ho scrollato le spalle.

«Bisogna essere disposti a tutto, quando si oltrepassano le linee nemiche!»

Cap. 2

1 OTTOBRE

ore 7.06

Mi sto infilando una maglietta quando sento la voce della mamma, delusa e critica.

«Ti metti *quella* per il primo giorno?»

Ovviamente io e i miei fratelli non siamo riusciti a convincere i nostri genitori a restare, perciò sto per cominciare la scuola a Yardville. Sarebbe già abbastanza brutto se fosse l'inizio dell'anno scolastico... Ma ora addirittura entrerò in una classe che si conosce già da quasi tre settimane. Non voglio neanche pensarci.

«Questo look da maschiaccio andava bene quando eri piccola,» dice la mamma «ma ora hai quasi undici anni. Non credi che sia arrivato il momento di cominciare a vestirsi come una femmina?»

Entro in bagno. I trucchi della mamma sono ovunque. Tra vestiti, capelli e trucco, ci mette almeno un'ora a prepararsi al mattino. Io no. Io sono come i miei fratelli. M'infilo i vestiti e sono pronta per uscire.

Mi guardo allo specchio. Ho pantaloni corti da skateboard e una maglietta. Cerco di immaginare come dovrebbe vestirsi una ragazzina di quasi undici anni. Gonna? Infradito rosa? Per carità! Non si può intercettare un lancio per la meta con sandali di plastica rosa!

La mamma appare dietro di me nello specchio.

«Ti mostro una cosa che ti starà benissimo». Prende un pettine e me lo passa tra i capelli.

«Ahi!» grido. «Mamma, smettila!»

Lei mi ignora, mi sposta una ciocca dalla fronte e la appunta con un fermaglio a forma di farfalla.

Papà è in corridoio, ma quando mi vede si ferma.

«Ciao, bella!» dice. «E tu chi saresti?»

«Piantala, papà» borbotto togliendomi il fermaglio e liberando i capelli.

«Vorrei che avessi una sorella maggiore» sospira la mamma. «Forse a lei daresti ascolto».

Io scrollo le spalle e vado in cucina. Rob e Stuart sono in piedi accanto alla dispensa e s'ingozzano di biscotti. Rob me ne lancia uno e io lo faccio sparire in bocca un attimo prima che la mamma arrivi e urli:

«Metteteli via!» Poi prende dal frigo una confezione di uova. «Chi vuole un'omelette?»

Rob prende le chiavi della macchina dalla mensola.

«Non ho tempo. Vieni, Stu?»

«Accompagni Stuart? Allora dai un passaggio anche a me» lo imploro. «Va bene, Rob?»

Per fortuna Rob ha appena preso la patente e un'auto usata, perciò non vede l'ora di accompagnare chiunque dovunque. Lui alza le spalle e io afferro lo zaino prima che cambi idea.

«Almeno mettiti una cosa carina» mi supplica la mamma sfrecciando nella lavanderia e ritornando con un'orribile felpa rosa.

«È tua» dico storcendo il naso.

«Sì, ma ti starà benissimo. È perfetta coi tuoi capelli e occhi scuri».

«Come vuoi». La prendo e me la metto sulle spalle. Qualsiasi cosa purché mi lasci in pace.

La mamma sembra soddisfatta.

«Guida con prudenza, Rob» dice. «Non conosci ancora le strade».

«Stai scherzando?» ride lui. «Siamo in campagna. Devo solo sperare di non finire bloccato dietro un trattore!»

ore 7.56

Rob si sbaglia sui trattori. Non ne vediamo neppure uno, come del resto non vediamo nessuna fattoria. Però, rispetto a Boston, il traffico è praticamente inesistente. Quello che invece noto è l'erba, così verde che forse dovremmo andare in giro con una macchinina da golf invece che con il fuoristrada di Rob. E ci sono anche molti alberi, centinaia! Più alti davanti alle case e più bassi intorno ai nuovi condomini.

Rob svolta nella via della scuola e io vedo l'edificio. La facciata somiglia molto a quella della mia vecchia scuola, mattoni con alte finestre arrotondate e porte bianche con la vernice screpolata. Ma sul retro, dove c'è il parcheggio, è molto più nuovo, con tetti piatti coperti di ghiaino. Dietro c'è un grande campo giochi ed enormi prati con quell'erba verdissima.

«Non dimenticarti questa» dice Stuart con un ghigno, allungandomi la felpa rosa che avevo accidentalmente-volutamente lasciato sul sedile.

Roteo gli occhi e la appallottolo sotto il braccio. Poi attraverso di corsa il parcheggio ed entro nella mia nuova scuola.

«Ernesto Ardo».

«Presente».

Io fisso il pavimento. È di linoleum, non di legno consumato come nella mia vecchia scuola.

«Miranda Bennett».

«Presente».

Ecco il genere di figlia che piacerebbe a mia madre. Capelli biondi e morbidi fermati da un cerchietto, camicia porpora coordinata, pantaloni al ginocchio e sandali con la zeppa.

«Zane Hamilton».

«Presente».

Mi guardo intorno cercando di capire chi mi ispira simpatia. E, siccome sono nuova in una classe in cui molto probabilmente tutti si conoscono dall'asilo, chi prova simpatia per me. Un ragazzino con i capelli ricci castani e le lentiggini mi guarda e sorride.

Che sollievo. Mi aspettavo che solo le ragazze mostrassero qualche interesse per me. Io, invece, sono interessata ai maschi, a meno che non ci sia una femmina che giochi a football, a pallacanestro o che ami lo skateboard. Quante probabilità ci sono?

«Casey Dilliplane» dice la prof.

«Presente» risponde il ragazzino con le lentiggini.

Io ricambio il sorriso e mi chiedo se giochi a football.

«Kellie Enderby».

«Presente».

La professoressa Anstine sembra una a posto. È giovane (per essere un'insegnante), con capelli corti castano chiaro e un sorriso simpatico. Ma del resto, chiunque sarebbe meglio della Pillspring.

«Hailey Dupree».

«Presente».

«John Frankenhauser».

Io apro la bocca, poi mi fermo. Ha detto *John*? No, devo aver sentito male.

«Presente» rispondo.

«John è nuovo» spiega la prof alla classe. «Si è appena trasferito dal Massachusetts. John, in quale città vivevi?»

Ha *davvero* detto John! Dev'esserci un errore

sul registro di classe. La segretaria della scuola ha messo la H al posto della A e il mio nome da Joan è diventato John.

«Boston...» sussurro cercando di prendere tempo.

Dovrei dire la verità: “Il mio nome è Joan, anche se mi chiamano Joanie”. Poi però penso: “E se invece tenessi la bocca chiusa?”. È una follia, lo so, ma mi sono sempre chiesta come sarebbe essere un maschio. Potrei indossare quello che mi piace senza litigare con la mamma. Potrei scrivere le storie di Superkid senza che la prof mi consideri una psicopatica. Potrei giocare a tackle football come Rob e Stuart.

Per come la vedo, i maschi hanno vita facile. Non devono agghindarsi, essere puliti o stare seduti in silenzio – perlomeno non come devono farlo le femmine – e nessuno si aspetta che sappiano cucinare, cucire o consolare un bambino che frigna. Mi sembra fantastico.

Tutti questi pensieri mi sfrecciano nella testa in meno di un secondo. Poi sento la professoressa Anstine dire:

«Benvenuto nella scuola di Yardville, John».

«Grazie» squittisco. «Volevo dire...» Controllo in fretta la voce, che mi esce profonda come quella di Homer Simpson. «Grazie».

Tutti ridono e io sento la faccia riscaldarsi come la pentola a pressione della mamma. “Oh, no” penso mentre il cuore batte all’impazzata. “In che pasticcio mi sono cacciata?”

ore 8.45

«Bene» dice la professoressa Anstine. «Oggi cominceremo a parlare di biografie e autobiografie. Come primo compito, scegliete un compagno o una compagna e parlate per cinque minuti per conoscervi. Quando avrete finito, dovrete dire agli altri almeno tre cose interessanti sui vostri nuovi amici».

Tutti schizzano in piedi e fanno una gran confusione, cercando quelli che conoscono già, mentre io resto seduta in attesa che le acque si calmino e che la prof mi metta in coppia con chi è rimasto.

«Scegliete un compagno che non conoscete molto bene» urla la Anstine nel frastuono. «Avete dieci secondi per decidere. Uno, due, tre…»

Alzo gli occhi e vedo il ragazzino con le lentiggini accanto a me. Come si chiama? Ah, sì, Casey.

«Vuoi fare coppia con me?» mi chiede.

«Certo» rispondo, stupita che qualcuno mi abbia scelto. E un maschio, nientemeno.

Lui avvicina la sedia e ci si mette su a cavalcioni. Poi mi ricordo: crede che anch'io sia un maschio.

Ma come si comportano i maschi? La mamma non fa che lamentarsi perché non sono abbastanza femminile, ma all'improvviso mi sento la ragazzina più femminile del mondo. Ho i capelli troppo lunghi, i bicipiti troppo piccoli e sono seduta con le ginocchia incollate tra loro come una modella alle prime armi.

Sbagliato, sbagliato, sbagliato! Penso a mio fratello Stuart e mi costringo a stravaccarmi. Poi al-

largo le gambe, ingoio un po' d'aria ed emetto un rutto clamoroso.

Casey ride. «Bello, questo! Ehi, hai sentito di quello stupido terrorista che ha cercato di far esplodere un autobus?»

Alla vista della mia espressione confusa, lui ridacchia e aggiunge:

«Si è scottato le labbra con il tubo di scappamento».

Io scoppio a ridere.

«Che cos'hanno gli elefanti tra le dita?» chiedo. Sto zitta quanto basta perché Casey si stringa nelle spalle e poi dico: «Indigeni lenti».

Ora ride lui.

«Ehi,» dice all'improvviso «dove hai comprato quelle scarpe?»

Mi guardo i piedi e provo un tuffo al cuore. Ho scarpe da atletica… da femmina. Ho supplicato mia madre di comprarmi quelle da maschio, ma lei non ha voluto. "Queste ti stanno meglio" ha detto. "E poi quelle da maschio sono troppo arzigogolate".

«Le ho comprate a Boston» mormoro. «C'erano solo queste. Mia madre mi ha costretto a…»

«Tranquillo, amico» m'interrompe Casey. «Intendevo solo dire che mi piacciono».

«Oh!» mi sforzo di sorridere. «Pensavo che non le facessero più».

«Giocavi a football a Boston?» mi chiede.

«Ero nella squadra di flag football. Avrei voluto giocare nella lega giovanile, ma i miei genitori...» mi zittisco quando mi rendo conto di cosa sto per dire. «Non vogliono che faccia due sport contemporaneamente».

«Noi giochiamo quasi ogni giorno durante l'intervallo» dice Casey. «Però niente placcaggi, altrimenti i sorveglianti del campo giochi ci fanno smettere».

«Io mi alleno con i miei fratelli» gli dico. Non è una bugia tanto grossa. Insomma, ogni tanto giochiamo. «È come allenarsi con i Patriots. Stuart pesa cinque chili più di me e Rob, be', lui è un runningback della squadra delle superiori».

«Allora sarai bravo» fischia Casey. «Vorrei avere anch'io due fratelli con cui allenarmi».

«Hai sorelle?»

«No, sono figlio unico». Si sporge dallo schienale della sedia e mi chiede: «Mi insegni a ruttare?».

«Certo, è facile. Devi ingoiare un po' d'aria – puoi tapparti il naso finché non lo sai fare – e poi...»

Apro la bocca ed esce un rumoroso *burp*! Casey ride così forte che cade dalla sedia.

«Casey!» dice seria la Anstine. «Vuoi dire alla classe che cosa hai imparato su John?»

All'improvviso ci guardano tutti. Stanno facendo il paragone tra me e Casey? Si stanno chiedendo perché le mie ciglia sono più lunghe delle sue e perché le mie unghie sono più sottili e arrotondate? Di certo non penseranno che il mio petto è più gonfio. Sono piatta come lui. E i fianchi... niente da fare, non ce li ho.

«Stiamo aspettando, Casey» dice la prof, mentre lui si rimette sulla sedia.

«Allora, John ha due fratelli» risponde Casey «e rutta benissimo».

I ragazzi ghignano, le ragazze ridacchiano e persino la prof sorride. Non l'avrebbe fatto se avesse saputo che sono una femmina. Un'ondata di felicità mi travolge. La mia nuova identità sta già dando buoni risultati.

«E poi» aggiunge Casey «gli piace il football. Giocherà con noi durante l'intervallo».

Non riesco a credere alle mie orecchie. Football con i maschi! E scommetto anche che mi passeranno la palla!

«Tocca a te, John» dice la prof. «Tre cose che hai imparato su Casey».

«È figlio unico,» rispondo ricordandomi di non fare la voce acuta come succede quando sono euforica «sa delle barzellette molto divertenti e adora il football».

Mi giro verso Casey e ci guardiamo. Lui sorride e io mi sento leggera come un palloncino. La scuola è appena cominciata e io ho già un amico che non mi tratta come una stupida ragazzina.

ore 10.45

Mentre usciamo per l'intervallo, mi rendo conto dell'assurdità di questa situazione. Non dovrò fingere solo con la mia classe, ma con l'intera scuola. In corridoio cerco di camminare impettita.

«Tutto bene?» mi chiede un insegnante che viene nella mia direzione.

«Cosa?» dico nervosa, mentre mi monta il panico. «Cioè, sì, sto bene. Perché?»

«Mi fa piacere» risponde. «Cammini come se avessi uno strappo all'inguine».

A quelle parole cammino un po' meno rigida, cercando però di non rimbalzare a ogni passo. Un paio di ragazzine della mia classe, Hailey e

Kellie credo, escono dall'aula praticamente saltellando. Non voglio somigliare a loro per niente al mondo.

Mi fermo alla fontanella, che è proprio accanto al bagno dei maschi, e quando uno entra intravedo gli orinatoi. In quel preciso momento decido che a scuola non andrò mai in gabinetto, anche se sarò costretta a tenermela fino a farmi scoppiare la vescica.

Nel campo giochi è stato delimitato un campo da football con dei coni di plastica. Sulla linea delle trenta iarde c'è un ragazzino solo che lancia in aria la palla e la riprende. Quando si gira, noto il suo profilo spigoloso, i suoi capelli irti. È tutto braccia e gambe, molto magro e apparentemente impacciato, ma quando fa un passo indietro e calcia in aria la palla, resto a bocca aperta. La palla vola in alto, in alto, e atterra cinquanta iarde buone più avanti.

Una ragazzina a bordo campo la prende e gliela rilancia. Prima che quella tocchi terra, il ragazzino dai capelli irti, come un proiettile, corre così veloce che quasi non si vede. Prende facilmente la palla e ritorna verso di me, trotterellando con le braccia al cielo come se avesse appena fatto meta.

Io rido. Lui si gira di scatto e mi osserva, poi

fa un passo indietro e mi lancia la palla. Alzo le mani, più per proteggermi che altro, e la prendo.

«Giochi mai come runningback?» mi chiede. «Avanti, vediamo se riesci a scartarmi».

In quel momento lo riconosco. È della mia classe, seduto in ultima fila. Zane, credo.

«Che c'è, Frankenstein? Hai la colla sotto le scarpe?»

Sono già stata chiamata così, e mi ha sempre dato fastidio. Ma ero femmina, una femmina presa in giro dai maschi. Detto da Zane, quel nome mi sembra diverso. Somiglia più a un soprannome, come Rob e Stuart quando si chiamano l'un l'altro "Robot" e "Stewbal".

«Preparati a mangiare la polvere» rispondo.

Mi metto la palla sotto il braccio e corro piano verso Zane, tranquilla, senza tradirmi, lasciandolo nel dubbio sulle mie reali capacità di scartarlo. Poi, quando gli sono quasi accanto, viro a sinistra e accelero. Lui si lancia su di me con le braccia tese, ma io lo supero correndo velocemente a zigzag.

«Sììì!» grido fermandomi.

Mi volto con un enorme sorriso e... oddio!, sta correndo verso di me a tutta birra, ringhiando come un pitbull che insegue un postino. Prima che io possa reagire mi balza addosso e mi ritrovo sull'erba.

Zane salta e ride. A me non resta che drizzarmi a sedere. Al posto del petto mi sembra di avere una palla dimenticata su un campo giochi e calpestata da qualcuno.

«Io... sapevo che il placcaggio era vietato» dico senza fiato. Tra me e me penso: "Dove sono i sorveglianti del campo giochi quando servono?".

«Forse giochiamo troppo duro per te» replica Zane fingendosi preoccupato. «Laggiù c'è un campo di kickball. Magari serve un altro giocatore».

In effetti la partita sembra bella, ma poi mi ricordo chi sono. John Frankenhauser. Un maschio. E i maschi non mollano.

«Che succede?» chiede Casey spuntando alle spalle di Zane. Con lui ci sono altri sei ragazzini e tutti mi fissano. Mi rimetto rapidamente in piedi.

«Niente» rispondo. «Giochiamo».

«Io ho Ernesto, Spencer, Miguel e Grady» dice Zane indicando ognuno di loro.

Zane ha cinque compagni di squadra. Noi siamo solo in quattro. Mi guardo intorno aspettando che qualcuno dica qualcosa, ma nessuno lo fa.

Tutti si mettono in posizione lungo la linea delle cinquanta iarde e io prendo il mio posto accanto a Casey.

«Posso giocare?» chiede una voce.

È una femmina. Indossa pantaloncini turchesi, canottiera bianca e porta i capelli legati in una coda.

«Ancora tu?» le chiede Zane. «Credevo che ci fossimo già spiegati all'inizio dell'anno. Questo è football serio. Le ragazzine non sono ammesse».

«Ma non è giusto!» mi sfugge di bocca.

Tutti si girano verso di me e sono certa che, guardandomi negli occhi, capiranno la verità. Non sono uno di loro. Sono una femmina, proprio come lei.

«E comunque» mormoro «ci serve un altro giocatore».

«Da quando in qua quelli appena arrivati dettano le regole?» ribatte Zane. «E poi chi l'ha detto che non è giusto? Noi non chiediamo alle femmine di intrecciare braccialetti con loro».

I ragazzi ridono, compreso Casey. Rido anch'io, ma solo perché sono sollevata che non mi abbiano scoperto.

All'improvviso la ragazzina afferra la palla dalle mani di Zane.

«Prendetemi, se ci riuscite» grida cominciando a correre.

Tutti noi, tranne Zane, la inseguiamo. Casey si avvicina abbastanza da fare un salto con la rincorsa alle sue spalle, ma lei accelera e lui finisce sull'erba. Noi siamo almeno dieci iarde dietro di lei, perciò la ragazzina riesce ad arrivare nell'area di meta.

Tutti si girano verso Zane. Ha cambiato idea? Ma lui sogghigna e dice:

«D'accordo, sei brava. Continua così e un giorno giocherai. Nella squadra *femminile.* Ora possiamo riavere la palla?».

La ragazzina ha il collo arrossato e il colore aumenta come la temperatura di un termometro in un'ondata di caldo. Lancia la palla a terra con violenza ed esce dal campo pestando i piedi.

Miguel Rodriguez la raccoglie e noi torniamo ai nostri posti. Miguel la consegna a Zane, che corre all'indietro cercando un compagno libero. Ce n'è uno solo, Ernesto Ardo, e Zane indietreggia per fare il passaggio.

All'improvviso ci spiazza: si accovaccia e carica, approfittando dello spazio vuoto che si è creato. Ci mettiamo un istante a capire che cosa sta succedendo. Un mio compagno di squadra cerca di fermarlo, ma non ci riesce. Casey gli corre dietro, ma è troppo lento per lui.

Zane mi sta passando accanto diretto alla linea di fondo. Quando i nostri sguardi s'incontrano, mi sorride.

«Mangia la polvere» ringhia.

Mi ritorna in mente come mi ha scaraventato sull'erba, la sua finta preoccupazione quando mi ha detto: "Forse giochiamo troppo duro per te".

Accelero e lo supero, allungo le mani per toccargli le spalle, ma quando sento la sua maglietta sotto le dita gli assesto uno spintone forte e improvviso. Lui vola in avanti, fa qualche altro passo di corsa con il mento praticamente a terra e poi finisce sull'erba. Rotola due volte e si ferma. La mia squadra esulta.

Io lo raggiungo e gli tendo la mano. Mentre lo aiuto a rialzarsi, vedo nei suoi occhi un rispetto ostile. Provo una bella sensazione finché non noto Casey, che mi fissa con uno sguardo confuso. Come se l'avessi sorpreso. In bene o in male? Prima che mi decida, Casey si avvicina e solleva la mano per darmi il cinque. Io ricambio e sorrido, ma lui si gira e se ne va.

ore 15.30

«Sei libero!» grido aprendo la porta del recinto di Amigo. Lui schizza fuori come un razzo e mi fa cadere all'indietro, un po' come ha fatto Zane oggi. Appena tocco l'erba, mi salta addosso e comincia a leccarmi la faccia.

«Che schifo!» urlo rotolando via. Poi mi metto a sedere e lo accarezzo dietro le orecchie. Lui chiude gli occhi ed emette un profondo e basso brontolio. La vera felicità dei cani!

«Amigo, devo dirti un segreto» dico. «Ora sono libera anch'io».

Lui mi dà una spintarella, come se volesse incitarmi a proseguire.

«Tutta la scuola mi crede un maschio» sussurro «e questo significa che finalmente posso approfittare dei vantaggi».

Non so ancora quali siano i vantaggi, a parte giocare a football e ruttare senza essere rimproverata, ma sono molto curiosa di scoprirli.

«Il problema è» spiego ad Amigo «che devo stare attenta a non tradirmi».

Il solo pensiero mi fa venire la pelle d'oca. Ripenso al pomeriggio, al suono della campanella. Stavo mettendo il libro di matematica nello zaino, quando Zane ha notato la felpa rosa della mamma.

Ha colto l'occasione al volo.

«E questa cos'è?» ha chiesto afferrando una manica.

«Ah... quella?» ho risposto cercando in fretta una risposta. «L'ho trovata in corridoio e pensavo di portarla all'ufficio oggetti smarriti».

«Sicuro di non volerla provare?» ha detto lui con un sorrisetto. «Scommetto che ti starebbe bene».

Mi sono rilassata un po'. Zane si era bevuto la mia storia.

«Provatela tu» ho ribattuto. «Credo che il rosa sia il tuo colore».

Zane me l'ha lanciata sulle spalle proprio mentre la professoressa Anstine ha chiesto: «Che succede?».

Io me la sono tolta in fretta e l'ho fatta cadere a terra.

«Niente» ha risposto Zane, prendendo lo zaino e andando dritto verso la porta.

Io l'ho seguito. Ora è molto probabile che la felpa sia davvero all'ufficio oggetti smarriti, portata lì dal custode. Per me va bene, a patto che la mamma non mi chieda di restituirgliela.

«D'ora in poi, Amigo, devo stare sul chi vive» dico. «Non posso rivelare la mia vera identità».

E poi comincio a chiedermi: "Cosa vedono i

maschi quando mi guardano? Sembro davvero uno di loro?”.

Mi rimetto in piedi ansiosa di darmi un’occhiata allo specchio, ma Amigo crede che voglia giocare. Va a prendere il suo giocattolo di gomma e me lo agita davanti, sfidandomi a rincorrerlo.

Come posso dirgli di no? Amigo dovrebbe essere il cane di famiglia, ma ha sempre preferito me agli altri. Forse perché io gli dedico un po’ di tempo, accarezzandolo e lottando con lui, e di notte gli permetto di dormire sul mio letto, sempre se la mamma non lo scopre e non lo rinchiude in garage.

«Arrivooo!» urlo fiondandomi su di lui. Amigo scappa e facciamo qualche giro del giardino. Alla fine mi permette di prendere un’estremità del giocattolo e ognuno tira dalla sua parte. Ha più forza lui nelle mascelle di quanta ne abbia io in tutte e due le braccia, ma mi lascia vincere perché sa che poi gli lancerò il giocattolo.

«Prendilo, su!»

Lo butto dall’altra parte del giardino. Mentre lui corre per andarlo a prendere, io vado verso la porta sul retro e la apro. Lui mi raggiunge in un istante e s’intrufola tra le mie gambe.

«Va bene, hai vinto» dico ridendo.

Gli riempio la scodella e lo faccio mangiare in

cucina invece che in garage. Poi corro in bagno: non faccio pipì da stamattina e la vescica sta per esplodermi!

Quando ho finito, vado allo specchio. Sono solo io, Joanie. Ma poi cerco di vedermi con gli occhi dei miei compagni di scuola. Vedo un corpo magro e muscoloso in ampi vestiti da skater. Be', non è proprio impossibile, decido. Se pensi a un maschio, ecco cosa vedi.

Dopodiché mi concentro sulla faccia. Occhi scuri, naso piccolo, labbra né troppo grosse, né troppo sottili. L'unica cosa che stona sono i capelli. Sono arruffati e folti, mi ricadono sulla fronte, sulle orecchie e sul collo. Piuttosto da femmina. Non che alcuni maschi non li portino lunghi, soprattutto quelli che vanno sullo skateboard. Ma sono un dettaglio che potrebbe svelare la mia vera identità.

«Quindi devono sparire» mormoro aprendo il cassetto e cercando le forbici.

Taglio una ciocca laterale fino a far sbucare l'orecchio. Sto per fare lo stesso dall'altra parte, quando la porta sul retro si apre e la mamma grida:

«Chi ha dato da mangiare ad Amigo in cucina?».

Fregata. Ma non è la scodella del cane che mi preoccupa. Sono i capelli. Cosa mi è saltato in mente? Non posso tagliarmeli e sperare che nessuno se ne accorga. Tutti i miei familiari avranno qualcosa da dire, soprattutto mia madre. E quello che dirà lei non sarà affatto piacevole!

«Joanie, sei a casa?»

«Sono qui» borbotto.

La mamma si sta avvicinando come un missile teleguidato dalla mia voce.

«Dove sei?» chiede, mentre avanza lungo il corridoio. Quando passa accanto al bagno si ferma di botto e si volta. Alla mia vista, le sopracciglia le si inarcano verso l'alto.

«Joanie!» strilla. «Oddio, che hai fatto?»

Io scrollo le spalle.

«Sono stufa dei miei capelli».

«Sembra che ci sia passato sopra un tosaerba!» Mi prende la mano. «Su, andiamo dalla parruc-

chiera. Se c'è qualcuno che può rimediare, quella è Alison».

Do un'ultima occhiata allo specchio. Sembro un cocker spaniel senza un orecchio. Forse la mamma ha ragione, questo è un lavoro da professionisti.

ore 16.42

«Che ti è saltato in mente?» mi chiede mentre guida verso la parrucchiera.

Me l'ha già chiesto almeno sei volte, forse perché non le sono piaciuti i miei grugniti di risposta. Ma che dire? Non posso raccontarle la verità, nemmeno una versione parziale. Non capirebbe.

Dalla parrucchiera dobbiamo aspettare che Alison finisca di pettinare una cliente. La mamma apre una rivista e sfoglia le pagine. Le modelle indossano abiti che non ho mai visto su un essere umano e hanno i capelli arricciati, gonfiati e pettinati in certe acconciature che sembrano garbugli di serpenti.

Guardo nervosa la mamma. Spero che non chieda ad Alison di farmi una cosa del genere, ma poi mi ricordo che non è possibile. Sull'orecchio sinistro mi sono rimasti appena cinque centimetri di capelli: neanche i grandi coiffeur della rivista sarebbero in grado di arricciarli e gonfiarli.

Quando si libera, Alison mi fa sedere e controlla il danno.

«Che look volevi?» chiede dolcemente.

La mamma crede che l'abbia chiesto a lei.

«Che ne dici di un taglio sbarazzino?» risponde. «Sarebbe carino».

Alison fa una smorfia e mi guarda da diverse angolazioni.

«Ci posso provare» dice infine.

Una volta pareggiati, i capelli sono piuttosto corti. Le uniche cose sbarazzine sono due ciuffetti più lunghi sulle orecchie.

La mamma mi guarda nello specchio. Siamo una accanto all'altra e la differenza tra noi non potrebbe essere maggiore. Lei ha grandi occhi azzurri, un naso piccolo e sottile e capelli biondi portati alle spalle.

Emette un sospiro e io mi sento svuotata. So che quando mi guarda vorrebbe vedere una versione in miniatura di se stessa, ma io non sono così, specialmente adesso.

«Fermiamoci in profumeria» dice. «Voglio dare un'occhiata ai rossetti».

Mi sento talmente in colpa che non protesto nemmeno.

ore 17.25

«Questo lucidalabbra ti starebbe benissimo» dice la mamma con in mano un campione. «È molto delicato, ti fa solo le labbra più lucide».

«Perché mai dovrebbero piacermi lucide?» le chiedo.

«Perché sono carine. Vieni qui, Joanie, ti faccio vedere».

Si spalma un po' di lucidalabbra sul dito e poi me lo strofina sulle labbra. Mi guardo nello specchietto e apro la bocca come le modelle della rivista. Poi, con la lingua, mi bagno il labbro inferiore. La saliva rimane lì per un po' e comincia a cadere.

«Che stai facendo?» domanda la mamma.

Io risucchio la saliva e mi stringo nelle spalle. «Niente».

«Prendiamo questo? Puoi mettertelo domani».

«Va bene» rispondo, perché oggi voglio fare almeno una cosa che non la deluda.

Funziona. Mentre paga, la mamma è davvero raggiante.

Lungo il tragitto verso casa dice:

«Sai, Joanie, alla tua età ho cominciato a notare i maschi».

«Li noto anch'io» dico. «Noto che possono giocare nella lega giovanile di football».

«Io intendevo in senso romantico» replica.

Mi torna in mente la faccia di Casey. Perché se n'è andato dopo che ho placcato Zane? Insomma, è evidente che Zane è il leader del gruppo, quindi se mi comporto come lui faccio bene, no?

E poi penso che i maschi non sprecano il loro tempo a chiedersi queste cose: "Gli piaccio? L'ho fatto arrabbiare?". Questo è il modo di pensare delle femmine. E John Frankenhauser non verrà mai sorpreso a pensare come una femmina.

La mamma parcheggia davanti al supermercato vicino casa.

«Ci serve il latte» dice.

Entrando, mi sistemo i ciuffetti dietro le orecchie, mescolandoli con gli altri capelli.

Mentre la mamma paga il latte e io cerco il prezzo delle figurine di football, il cassiere si volta verso di me e dice:

«Costano un dollaro e mezzo a bustina, figliolo».

La mamma sussulta.

«È una femmina» dice brusca.

Il cassiere si scusa e, per il bene della mamma, io fingo di essere offesa, ma dentro mi pavoneggio come un giocatore professionista che ha fatto meta. Il mio nuovo taglio è un successone! Ora, a scuola, nessuno capirà che sono una femmina!

ore 18.48

Sto pedalando verso la riserva naturale di Yardville, un'enorme distesa di terra di circa otto ettari in tutto, di proprietà della città. Una specie di parco, ma niente di simile a quelli di Boston. Non ci sono né altalene, né scivoli, né panchine, solo immensi spazi aperti.

Amigo mi corre accanto grazie a un lungo guinzaglio che gli permette di muoversi. È pazzesco come riesca a non restare indietro e ad avere la stessa velocità della bici. Per di più senza sudare, o forse dovrei dire ansimare, visto che i cani non sudano. Gli toglierei anche il guinzaglio, ma l'unica volta che ci ho provato, ha inseguito il gatto dei vicini e ha travolto per sbaglio un bambino di due anni. Come ho già detto, è un cagnone pieno di vita.

Ovviamente, a cena, i miei fratelli hanno commentato il mio nuovo taglio. Papà era a una riunione del Rotary, perciò la mamma ha fatto la sua versione delle minipizze, ovvero focaccine con mozzarella filante e fette di pomodoro. Non che fossero pizze vere e proprie, ma devo ammettere che erano piuttosto buone.

«Sembri Winona Ryder appena alzata» mi ha preso in giro Rob.

Quando la mamma non guardava, Stuart ha infilato le dita nel condimento per l'insalata e me le ha passate tra i capelli per farli a punte.

«Molto punk, amico» ha ridacchiato. Io ho ricambiato infilandogli una foglia di lattuga nel colletto.

Il venticello autunnale mi gela le orecchie, ricordandomi quanto siano corti i miei capelli. E quanto io sia lontana dalla mia vecchia vita di Boston. Lì i parchi sono pieni di piccioni, non di falchi, e io ero Joanie, non John.

Troppe cose a cui pensare, meglio distrarsi con Amigo. Sta tirando il guinzaglio e fiuta l'aria. All'inizio del sentiero scendo dalla bici e lo libero. Lui saltella sul prato, con le zampe rigide, tentando di stanare un topolino. Quando ci riesce, lo fa cadere ai miei piedi.

Che schifo! È una cosa ripugnante, ma non posso arrabbiarmi, non quando è così fiero di sé.

«Bravo» gli dico.

Lui scodinzola e si allontana trotterellando in cerca di un'altra preda.

Ecco cosa mi piace di Amigo. Tutti gli altri hanno fastidiose aspettative su chi sono e cosa devo fare. "Cresci. Smettila di vestirti come un maschio. Comportati da signorina". Amigo, invece, da me vuole solo cibo, lunghe passeggiate e affetto, tutte cose che posso dargli senza problemi.

Porto a mano la bici lungo il sentiero, finché non arrivo in un ampio spazio erboso. Strizzando gli occhi alla luce del tramonto, perlustro con lo sguardo i campi alla ricerca di Amigo, ma vedo solo un ragazzino con una bici da cross su dei monticelli di terra. Li ho già visti durante altre passeggiate. Sono fatti dai ragazzini, perfetti per prendere il volo.

Amigo è vicino ai monticelli e io imbocco un sentiero serpeggiante che attraversa il prato. A mano a mano che mi avvicino, mi sembra di riconoscere i capelli ricci del ragazzino con la maglietta rossa sulla bici. È Casey!

Anche lui mi vede e socchiude gli occhi.

«Ciao, John, sei tu?»

Mi ci vuole ancora qualche istante per abituarmi a quel nome.

«Ciao!» gli dico. Poi salto in sella e lo raggiungo.

«Abiti qui vicino?» mi chiede mentre freno.

«Lookover Way» rispondo. «E tu?»

«Crescent Avenue» dice indicando il lato opposto della riserva.

«Te la cavi piuttosto bene su quei monticelli» gli dico.

«Ho contribuito a farli. Ce ne sono un sacco, da quelli per bambini a quello detto il Monte Mondo».

«Io salto con lo skateboard, ma non ho mai provato con la bicicletta».

«Già, dimenticavo, vieni dalla città. Avanti, provaci. Non è difficile».

Mentre rimonto in bici, Amigo arriva nello spiazzo correndo come un ghepardo che insegue una gazzella. Casey fa un salto all'indietro. Poi, all'improvviso, Amigo inciampa e cade, strisciando sul terreno con la pancia. Si rialza in un istante e trotterella verso di me come se niente fosse.

Casey ride sollevato.

«Credevo fosse un coyote». Il cane gli annusa le scarpe. «È tuo?»

Annuisco.

«Si chiama Amigo».

«Significa amico, vero?» Sorride e si china per accarezzargli la testa. «Di che razza è?»

Alzo le spalle.

«Di sicuro è un po' pastore tedesco. Forse anche pastore scozzese o australiano. L'abbiamo preso al canile».

Casey mi guarda.

«Vuoi provare a saltare?»

«Sì».

«Questo va bene per cominciare» dice indicando un monticello largo circa un metro e alto sessanta centimetri. «Devi prendere la rincorsa. Parti da una quindicina di metri».

Scelgo un posto che mi sembra a una quindicina di metri dal monticello e mi preparo. Ho lo stomaco contratto e mi sento le gambe di gelatina, proprio come la prima volta che ho cercato di saltare con lo skateboard dal marciapiedi davanti casa. Quel giorno ho fatto una brutta caduta, ma non è il caso di pensarci adesso.

Parto e comincio a pedalare, però le gambe mi tremano un po' e non sono veloci come vorrei. Devo fermarmi e ricominciare? No, ormai ci sono quasi, niente ripensamenti.

Whoosh! Mi sollevo in aria con il cuore in gola. "E vai," penso "ce l'ho fatta!" Poi plano giù e... Oh, no! Sbando e cerco freneticamente di mantenere l'equilibrio. Niente da fare. Finisco a terra, cado dalla bici e mi fermo dopo una bella scivolata sulla pancia.

Gli occhi mi si riempiono di lacrime, in parte per il bruciore al gomito e in parte perché mi sono resa ridicola davanti a Casey. Prima ancora che mi metta a sedere, Amigo è su di me e mi lecca la faccia.

Casey lo segue a ruota.

«Tutto bene?»

All'improvviso mi rendo conto che non deve vedermi piangere. I maschi non lo fanno! Per

fortuna Amigo ha leccato via gran parte delle lacrime. Mi alzo e mi asciugo il naso.

«Sto bene» biascico.

«Sei sicuro? Credo che ti sanguini il gomito».

«Ho detto che sto bene». Ma temo che non mi creda, perché si avvicina con sguardo preoccupato.

Io rimonto in bici e torno nel punto da cui ero partita. Comincio a pedalare così in fretta che le cosce mi fanno male e, quando sono di nuovo sul monticello, Casey è una chiazza indistinta. Concentro tutta la mia attenzione sulla ruota anteriore, sforzandomi di tenerla dritta. E poi… sììì!

Atterro bene, raggiungo Casey e freno davanti a lui inchiodando, con un bel sorriso sulla faccia.

«Ottimo» dice e stavolta non si gira come ha fatto dopo che ho placcato Zane. Stavolta è sincero.

«Grazie» replico togliendomi il casco.

«Ehi, ti sei tagliato i capelli».

«Li volevo corti».

Lui rotea gli occhi.

«Fammi vedere il gomito».

Giro il braccio così possiamo vedere tutti e due. Ho un brutto graffio che sanguina e brucia da morire.

«Deve farti male».

Non so bene cosa dire, perciò scrollo le spalle.

Per un istante lui rimane in silenzio, poi monta in bici e dice:

«Seguimi. Voglio mostrarti una cosa».

Imbocca il sentiero e io gli vado dietro, con Amigo al mio fianco. Siamo diretti verso la parte nord della riserva, una zona che non ho ancora esplorato, più selvaggia, con più alberi e un fitto sottobosco.

Casey si ferma, smontiamo dalle bici e raggiungiamo il bordo di un dirupo. Giù c'è una gola profonda circa dieci metri e larga un centinaio, in fondo alla quale scorre un fiumiciattolo.

«Lo vedi quest'albero?» dice Casey indicando una quercia contorta sul ciglio del dirupo. Metà delle radici sono fuori da terra, alcune sono addirittura sospese in aria. Un ramo si sporge sopra la gola, simile al braccio di uno spaventapasseri. «Ho visto Zane appendersi a questo ramo con le gambe» prosegue. «Quel tizio non sa cos'è la paura».

"È un bene?" mi chiedo. Insomma, arrampicarsi su un albero così instabile fa parecchia paura. E restare appeso per le gambe sulla gola... quella è pura follia! Ma Casey sembra così colpito che immagino di doverlo essere anch'io.

«Forte» dico.

Lui fa di sì con la testa.

«Ehi, pensavo di costruire una casetta su un albero. Ti va di aiutarmi?»

«Su *questo* albero?»

Ride.

«No, c'è un grande acero vicino all'ingresso di Stiegman Street che mi sembra perfetto».

"Sì, sì, sì, sì!" vorrei urlare. Non che ci capisca qualcosa di costruzioni, ma che importa? Quel che importa è che Casey vuole fare delle cose con me.

«Va bene» rispondo cercando di non sembrare troppo euforica.

Lui guarda verso l'orizzonte. Il sole è sceso al di sotto della cima degli alberi e la riserva sta diventando un'enorme macchia scura.

«Meglio che vada. Non ho ancora cominciato i compiti» dice.

«Neanch'io».

«Ci vediamo domani». Salta sulla bici e si allontana sul sentiero.

Io aspetto che scompaia dietro l'angolo, poi guardo Amigo e sorrido.

«Ho un amico» gli dico. «Un amico che non mi tratta come una stupida ragazzina!»

Ovviamente Casey non sa che sono una femmina, ma non è questo il punto. Il punto è che non vedo l'ora che sia domani.

Forse trasferirsi a Yardville non è stata poi un'idea così cattiva.

SUPERKID

in

Coraggio da vendere

di ~~Joanie~~ John Frankenhauser

«Sono il capo della polizia» ha detto la voce all'altro capo del telefono. «Il Dottor Spavento è stato visto alla discarica nel cuore della notte mentre rubava ogni sorta di pezzo meccanico, dai computer rotti alle vecchie molle dei materassi. Credo che abbia in mente qualcosa».

«Non si preoccupi, signore» ho detto. «Ci penso io».

Ho chiamato i miei amici supereroi e gli ho chiesto di incontrarci nel mio nascondiglio.

Il primo ad arrivare è stato Zane, detto anche "Porcospino". Ha un ottimo fisico e la tendenza a gareggiare. Quando lancia i suoi micidiali aculei è meglio stare attenti!

Il secondo è stato Ernesto, detto "Lama". Le sue mani si trasformano in coltelli e i piedi in accette.

Poi è arrivato Spencer, detto "Bava". Quando sputa, dalla bocca gli escono proiettili di saliva in grado di stendere al tappeto l'avversario e di ricoprirlo con quella sostanza mortale.

L'ultimo ad arrivare è stato Casey, detto "Ferramenta". Il suo corpo è dotato di decine di utensili straordinari: martelli, trapani e seghe circolari. Può usarli per costruire o, se attaccato, per distruggere.

«Ho bisogno del vostro aiuto» ho detto. «Voglio creare una squadra di supereroi per combattere il Dottor Spavento. Ci chiameremo la Lega dei Superamici. Ci state?»

«Sì!» hanno gridato tutti.

«Bene,» ho aggiunto «mettiamoci al lavoro. Il Dottor Spavento ha un nuovo piano diabolico. Il nostro compito è spiarlo nel suo laboratorio e scoprire cos'ha in mente».

«E quando lo scopriamo,» ha ringhiato Porcospino «lo distruggiamo!»

Dopo essere saliti sulla Kidmobile, siamo andati al deposito abbandonato del Dottor Spavento.

La volta precedente, il Dottore aveva eretto un campo di forza ionica invisibile per non farmi avvicinare. Poiché non aveva funzionato, ora aveva circondato il deposito con qualcosa di molto più banale, un recinto elettrico alto sei metri.

«E adesso?» ha chiesto Bava.

«Nessun problema» ho risposto. Dal bagagliaio della Kidmobile ho preso una fune con un'ancora legata a un capo. Usando il mio superlancio, l'ho agganciata a una grondaia, mentre l'altro capo l'ho fissato al paraurti della macchina.

Grazie alla fune siamo arrivati subito sul tetto. Lì ho visto una porta.

«Entro da solo a dare un'occhiata» ha detto Porcospino. «Copritemi».

Ha aperto la porta ed è corso dentro. Dopo qualche minuto non era ancora tornato.

«Non possiamo aspettare oltre» ho gridato. «Porcospino potrebbe essere nei guai!»

Mentre correvamo verso la porta, quella si è aperta ed è apparso il Dottor Spavento circondato dal suo esercito di topi mutanti. Però

c'era qualcosa di strano. I topi avevano braccia da robot, pupille telescopiche e circuiti attaccati alla testa.

«Ti presento i miei nuovi topi cyborg» ha detto il Dottor Spavento con una risata stridula.

«E io ti presento i miei nuovi amici» ho detto. «La Lega dei Superamici!».

«Che cosa ne hai fatto di Porcospino?» ha chiesto Ferramenta.

«Non vi piacerebbe saperlo» ha ringhiato il Dottor Spavento. Poi, voltandosi verso i topi, ha aggiunto: «Attaccate!».

La battaglia è cominciata. Lama tagliava con le sue mani-coltello, Bava sputava i suoi proiettili viscidi, Ferramenta lanciava chiodi dalla punta avvelenata e io scagliavo palle da baseball esplosive.

Tuttavia, niente sembrava mettere in difficoltà i topi cyborg.

«E adesso?» ha chiesto Lama.

Ho dato un'occhiata in giro. Ovunque c'erano vecchi depositi abbandonati.

«Ho un'idea» ho detto. «Seguitemi!»

Dopo una rincorsa fino al bordo del tetto, ho saltato su quello accanto per poi atterrare rotolando sulla schiena. I Superamici mi hanno imitato. Purtroppo, però, i topi ci hanno seguiti.

Ci siamo rimessi in piedi e abbiamo ricominciato a correre. Ogni volta che arrivavamo sul bordo di un tetto, balzavamo su quello accanto. I topi però ci stavano alle costole e si avvicinavano sempre di più.

Noi continuavamo a correre. Ops! L'edificio seguente era a una cinquantina di metri: non ce l'avremmo mai fatta a saltare! Ma io ho avuto un'idea e ho preso dallo zaino quattro scatole di alluminio. Dopo aver premuto il pulsante posto sul lato di ogni scatola, quelle si sono trasformate in quattro potentissime minibici da cross.

«Saltate su» ho detto. «Sono la nostra unica speranza!».

Siamo montati in bici. Ce l'avremmo fatta? Il suolo era a molte decine di metri sotto di noi. Un errore, e sarebbe stata la fine.

«Vado prima io» ha detto Lama senza paura. Ha cominciato a pedalare, ha superato il bordo del tetto ed è volato per aria. Abbiamo trattenuto il respiro finché... sììì! Ce l'ha fatta!

Bava l'ha seguito. Restavamo solo io e Ferramenta.

«Ho paura» ha detto Ferramenta. «E se non ce la facciamo?»

«Ce la faremo» ho replicato. «Su, dammi la mano».

Lui me l'ha tesa, tremando, io l'ho presa e l'ho stretta.

«Andiamo!» ho gridato.

Abbiamo cominciato a pedalare e, una volta arrivati all'estremità del tetto, siamo schizzati in aria. Un secondo... due secondi... poi, meta! Siamo atterrati sull'altro tetto, abbiamo perso l'equilibrio e siamo caduti dalle bici.

Quando ci siamo rialzati, avevamo i gomiti sanguinanti, ma sorridevamo.

Poi abbiamo visto i topi cyborg inseguirci: rincorsa, salto... ma non ce l'hanno fatta! Nell'aria riecheggiavano i loro strilli, mentre cadevano a terra e si spiaccicavano come palloncini pieni d'acqua.

«Viva i Superamici!» ha gridato forte una voce.

Ci siamo girati e abbiamo visto Porcospino, sul tetto alle nostre spalle.

«Il Dottor Spavento mi ha incatenato al muro del suo laboratorio» ha detto. «Ma io sono riuscito a spezzare le catene con gli aculei e a fuggire».

Di nuovo uniti, i Superamici si sono affacciati dal tetto e hanno guardato con soddisfazione il mucchio di topi morti.

Ferramenta si è rivolto a me e ha detto: «Non ce l'avremmo fatta senza di te, Kid. Hai coraggio da vendere!».

Cap. 3

2 OTTOBRE

ore 8.13

Mentre attraverso il campo giochi della scuola, mi sento a disagio come una zebra in un branco di leoni. Credevo che il mio secondo giorno da maschio sarebbe stato più facile, ma sono così nervosa che riesco a malapena a mettere un piede davanti all'altro.

Mi aspetto che la prof esca di corsa dall'ufficio gridando: «Ho controllato il registro. Sei in un mare di guai, signorina!». O magari che un mio compagno dia una gomitata all'amico e dica: «Crede di prendere in giro qualcuno con quel nuovo taglio di capelli?». E poi vada a dire a Casey e a Zane la terribile verità.

Ma non succede. Nessuno mi guarda. Sono tutti troppo occupati a parlare, a giocare e a rincorrersi.

Almeno i miei vestiti – un paio di jeans e una

maglietta arancione di Stuart che non gli sta più – vanno bene. Ovviamente non è stato facile. La mamma mi ha ripetuto più volte di mettermi la gonna per rimediare ai capelli cortissimi. «Non vorrai che i tuoi amici ti scambino per un maschio, vero?» mi ha chiesto con voce terrorizzata.

Che cosa potevo fare? Mi sono messa la gonna, ma sotto avevo i jeans arrotolati. Siccome sembravo piuttosto strana, mi sono data anche il lucidalabbra per distrarla. È stato un successo! Lei era così occupata a complimentarsi per le mie labbra, che non ha notato i rigonfi all'altezza delle cosce.

Rob era uscito presto per l'allenamento, perciò non ho potuto chiedergli un passaggio. E poi non volevo correre il rischio che sentisse uno dei miei nuovi amici chiamarmi John. Così sono andata in bicicletta. Arrivata alla fine dell'isolato, ho girato la bici per ritornare a casa, mi sono nascosta tra i cespugli sotto la finestra panoramica, mi sono sfilata la gonna e ho srotolato i jeans.

Fatto!

Ora la campanella sta suonando e i ragazzini cominciano a entrare a scuola. Io mi unisco agli altri in cerca di un viso familiare. Mentre entro, una voce grida:

«Ehi, figliolo!».

Continuo a camminare – non mi sono ancora abituata a rispondere a questo richiamo – finché qualcuno mi tocca la spalla. Mi giro e vedo uno dei custodi.

«Hai un secondo?» mi chiede. «Mi serve una mano con questo tavolo».

È un lungo tavolo di legno, come quelli che hanno in biblioteca. Il custode ha già un altro aiutante, uno più grande di me, che aspetta in un angolo.

«Certo» gli dico.

Non posso fare a meno di sorridere. I custodi non chiedono mai alle femmine di aiutarli a spostare le cose, proprio come gli insegnanti non chiedono mai alle femmine di capire perché la lavagna luminosa non funziona. Perciò, se l'ha chiesto a me, devo davvero sembrare un maschio.

Il mio sorriso svanisce quando solleviamo il tavolo. È pesantissimo! Cominciamo a muoverci e io barcollo sotto il suo peso.

«Tutto bene?» chiede il custode.

«Sì» rispondo ridendo, come se facessi tutti i giorni sollevamento pesi.

Trasportiamo il tavolo per un'eternità e quando arriviamo in biblioteca ho i bicipiti doloranti.

«Grazie, ragazzi» dice il custode mentre sistemiamo il tavolo nell'angolo. «Il bibliotecario vi farà la giustificazione per il ritardo».

Mentre afferro la giustificazione, mi trema il braccio, ma sono anche molto orgogliosa.

Lungo il corridoio immagino i miei compagni di classe indicarmi e sussurrare: «Non è il tipo forzuto che ha aiutato il custode a spostare il tavolo della biblioteca?». «Sì, è quello nuovo» risponde qualcuno. «Si chiama John».

ore 11.45

Perché, perché ho bevuto tutta quell'acqua dopo l'intervallo? Certo, abbiamo giocato e avevo sete, *molta sete,* ma perché non ho pensato a quello che sarebbe successo? Come ho potuto dimenticare il giuramento di non andare mai in bagno durante le ore scolastiche?

Ora i miei compagni sono tutti in fila, pronti ad andare in mensa, e io ho un assoluto bisogno del gabinetto. "Una vescica può davvero esplodere?" mi chiedo. "E che succede se lo fa?"

Oddio, devo proprio andare!

Zane, Casey e Spencer si fermano al bagno dei maschi. Devo seguirli? Diciamoci la verità: se non voglio che mi succeda un disastro nei pantaloni, *devo* seguirli!

Mentre entro, ho lo stomaco sottosopra. La prima cosa che noto sono tre orinatoi, allineati contro una parete. Sembrano grosse fontane di porcellana, ma di certo non berrei mai da lì. Hanno un odore che è a metà tra un deodorante dolciastro per ambienti e la pipì stantia.

I maschi si dirigono verso gli orinatoi, mentre io mi precipito in una cabina. È identica a quelle dei bagni delle femmine, ma molto più sporca.

Il pavimento è ricoperto di carta igienica e – che schifo! – qualcuno si è dimenticato di tirare lo sciacquone. Mi viene in mente la mamma, che scoccia sempre Rob e Stuart perché lasciano il bagno in disordine. Credevo che fosse noiosa, ma adesso forse la capisco.

Pulisco la ciambella con la carta igienica e mi siedo. Qui c'è molto silenzio, non è come nel bagno delle femmine, dove tutte chiacchierano. Poi però mi rendo conto che forse è maleducato parlare quando si è in piedi davanti all'orinatoio.

Cerco di immaginare come dev'essere fare la pipì accanto a un'altra persona. Che imbarazzo! E se qualcuno entra in bagno, ti chiama e tu, senza pensarci, ti giri e... *che schifo*! Non voglio neanche pensarci!

Ovviamente ci sarà anche un lato positivo. Dev'essere più veloce, no? Niente fila per aspettare che si liberi una cabina, come succede alle femmine. Non mi sorprende che mio padre e i miei fratelli facciano in fretta quando vanno in bagno al cinema. Nel frattempo, la mamma e io siamo in coda ad aspettare, aspettare, aspettare...

Sento lo sciacquone degli orinatoi.

«Vieni, Frankenstein?» mi chiede Zane.

Io ripenso all'intervallo. Oggi Zane mi ha fatto giocare nella sua squadra e non ha neanche provato a farmi brutti scherzi. Credo di essere stata accettata. Mi fa piacere, è come se fossi stata ammessa in un gruppo scelto, una sorta di versione da campo giochi dei Marine.

Mentre esco dalla cabina, ripenso alla stupenda meta che ho fatto dopo aver intercettato un passaggio alla fine della partita. Mi avvicino al lavandino senza rendermi conto che Zane, Casey e Spencer si danno dei colpetti con il gomito e guardano il soffitto.

Quando me ne accorgo è troppo tardi, perché all'improvviso mi finisce sulla testa qualcosa di bagnato e pesante. Strillo e subito dopo mi gelo: sembravo una femmina?

Se è così, loro sono troppo impegnati a ridere per farci caso. Anzi, si contorcono dalle risate.

Guardo per terra e vedo una pallottola di carta fradicia. È uno scherzo che facciamo anche nel bagno delle femmine: s'inzuppa una salvietta di carta e la si lancia contro il soffitto il più forte possibile. Quella resta attaccata per un po' e poi… cade come una bomba!

Sollevata, mi concedo un sorriso, raccolgo la pallottola e la lancio mirando alla testa di Zane.

ore 12.01

In mensa ci sediamo a un tavolo.

«Che cos'è questa roba?» chiedo guardando l'intruglio marrone e grumoso che ho nel piatto.

«Cervello di castoro fritto» risponde Casey.

Alcune femmine reagirebbero disgustate, credo, ma io no.

«Con contorno di intestino di topo muschiato» dico assaggiandolo. «Mmm, buono».

«Ehi, Zane, giocherai nella lega giovanile di pallacanestro quest'anno?» chiede Miguel.

«No, sono troppo grande per loro. Quelli sembrano ancora dei mocciosi».

Ci guarda con aria di sfida, nel caso che qualcuno voglia provare a contraddirlo, ma nessuno lo fa. Sono tutti concentrati sul cibo. Casey fa un rutto come gli ho insegnato io e scoppiamo a ridere.

«Eccola» dice Zane all'improvviso.

È la ragazzina che voleva giocare a football con noi. Sta attraversando la mensa facendo ondeggiare il vassoio con il pranzo.

«Come può pensare di giocare a football con quei due palloncini sul petto?» ghigna Zane. «La rallenterebbero».

Prima resto perplessa, ma poi capisco di cosa sta parlando. Sotto la maglietta la ragazzina porta il reggiseno, riesco a intravedere le spalline. La cosa in sé non è strana. Molte femmine dell'ultimo anno (io no, ovviamente) portano il reggiseno, che serva o meno. Forse così si sentono più grandi.

Ma, a differenza di loro, questa ne ha davvero bisogno.

«Avete mai sentito parlare dell'uccello dai piedi azzurri?» chiede Spencer indicando i calzini azzurri della tipa. «È lei».

Tutti scoppiano a ridere tranne me.

«Ehi, Lucinda!» la chiama Zane. «Bei calzini».

Lei arrossisce.

«Stai zitto».

Zane fa il finto tonto.

«Cosa? Non hai mai sentito parlare dell'uccello dai piedi azzurri? È bellissimo. Becco lungo, grosso petto...»

Lucinda è sul punto di piangere. Afferra il vassoio del pranzo e corre via.

Io vorrei dire a tutti di lasciarla in pace, non è colpa sua se sta crescendo più in fretta delle altre, ma ho paura di fare qualcosa che potrebbe rivelare la mia identità segreta. Perciò cerco di distrarli mostrando la mia straordinaria abilità nel lanciare in aria i cubetti di gelatina e acchiapparli con la bocca. L'ho imparato da Stuart quando frequentavamo la Mount Washington.

«Caspita!» esclama Casey. «Sei uno dai mille talenti, John».

Poco dopo, tutti lanciamo in aria cubetti di gelatina per vedere chi riesce a prenderne di più. Ma io mi sto ancora chiedendo: "Sarà vero che il seno rallenta? Se è così, non lo voglio".

ore 13.55

«Sessanta è un numero primo?» chiede la professoressa Anstine.

Il braccio di Hailey Dupree schizza in aria.

«No» risponde ancor prima che l'insegnante la veda.

«Bene, ora vediamo quali sono i suoi divisori».

«Sessanta» dice Ernesto. «E uno».

Lo so persino io, che in matematica faccio schifo.

«Kellie, me ne sai dire qualche altro?» le chiede la prof.

Kellie Enderby, la cervellona della classe, comincia a elencarli tutti.

«Due, tre, quattro...»

Mentre lei blatera, io sollevo la copertina del libro di matematica e sbircio il quaderno di Superkid. Comincio a leggere *Coraggio da vendere* e ben presto mi perdo nella storia, immergendomi nella vita del supereroe.

La Lega dei Superamici è al mio fianco e stiamo per montare sulle minibici da cross e gettarci dal bordo del tetto. Sento il cuore che mi batte mentre prendo la mano di Casey e...

«John Frankenhauser!»

Sollevo gli occhi e sbatto le palpebre, come se mi fossi appena svegliata da un sogno. La prof mi sta guardando, anzi, tutta la classe mi sta guardando!

«Sì?» squittisco.

«Mi porteresti quello che nascondi sotto il libro di matematica?»

«Sono solo appunti» balbetto. «Appunti di matematica».

«Allora non ti dispiacerà se do un'occhiata» dice con un sorriso.

Lo stomaco mi stride come le rotelle dello skateboard contro il cordolo del marciapiede. Se la prof reagisce alle mie storie come aveva reagito la Pillspring, sono davvero nei guai. Chiamerà i miei genitori, che chiameranno lo psicologo della scuola, che...

No, mi rendo conto in preda al terrore, sarà molto peggio! Se la Anstine chiama i miei, scoprirà la verità: John è in realtà Joanie. I miei genitori si spaventeranno a morte e molto probabilmente lo psicologo della scuola consiglierà loro

di rinchiudermi in casa e di gettare via la chiave.

Per un istante medito di strappare il quaderno a pezzettini e di ingoiarli, ma forse mi caccerei in guai ancora più seri, sempre che non morissi soffocata. Come una detenuta diretta alla sedia elettrica, mi avvicino alla cattedra e consegno il quaderno alla prof.

«Amigo!» urlo. «Forza!»

Sto pedalando verso la riserva naturale per incontrare Casey. Oggi cominceremo a lavorare alla casa sull'albero, ma Amigo sembra intenzionato a fermarsi ad annusare ogni singola foglia, rametto e mucchio di terra della contea. A volte si ferma senza alcuna ragione, non capisco cosa gli prenda.

«Amigo!» Gli do un colpetto sul sedere, lui mi guarda e scodinzola. «Muoviti, vecchietto!»

In realtà non è affatto vecchio, ha solo cinque anni, ma oggi si comporta come se ne avesse quindici.

Finalmente arriviamo alla riserva e lo slego. Lui si rianima e si trasforma in un segugio: testa dritta e una zampa sollevata in aria. Seguo il suo naso e vedo un daino a una cinquantina di metri da noi, vigile e immobile, in attesa.

All'improvviso Amigo parte all'inseguimento e il daino scappa, ma non mi preoccupo, perché ha un bel vantaggio. Di certo sparirà tra gli alberi prima che Amigo arrivi a metà del prato.

Percorro il sentiero, felice di vedere il mio cane comportarsi di nuovo in modo normale. Qui è così bello da farmi quasi dimenticare che, proprio in questo momento, la prof starà mettendo giù il mio quaderno, prendendo il telefono e...

No, ora non voglio pensarci. Mi rizzo sui pedali e poco dopo imbocco Stiegman Street. Casey è già lì, accanto a un carretto pieno di pezzi di legno e attrezzi.

«Ne vuoi uno?» mi chiede offrendomi un biscotto.

Sorrido e lo prendo. Sono biscotti al cioccolato, i miei preferiti! E sono buonissimi!

«Come vorrei che mia madre li sapesse fare» dico. «I suoi dolci sono più raffinati, come il crème caramel o la torta alle nocciole».

«Che cos'è, una cuoca?» domanda Casey.

«No, è una prof. Insegna a cucire, a cucinare... insomma, quella roba lì».

«Mia madre dovrebbe seguire uno dei suoi corsi» dice Casey. «Non sa cucinare affatto».

«Ma...»

«I biscotti li ho fatti io. Praticamente a casa nostra cucino quasi sempre io».

«Tu?» dico, piegandomi per accarezzare Amigo che mi saltella intorno. «Perché?»

«I miei hanno una ditta che produce software. Stanno sempre incollati al computer dodici ore al giorno».

Ha l'aria un po' triste e io non so come comportarmi. Cosa dicono i maschi quando gli amici sono giù?

«Non è che mi costringono a cucinare per loro» continua. «Gli basterebbe riscaldare una minestra al microonde, ma a me piace». Ride imbarazzato. «Lo trovi strano?»

"Sì!" vorrei gridare. A casa mia, l'unica persona che cucina è la mamma e... io, se mi costringe a farlo. Ma a me non piace. Quindi perché Casey – un maschio – lo trova divertente?

Sono confusa e non so cosa dire, perciò gli racconto una barzelletta.

«Hai sentito dei due ragazzini arrestati ieri? Uno stava bevendo acido per batterie e l'altro stava mangiando fuochi d'artificio».

Il viso di Casey s'illumina con un sorriso.

«Che è successo?»

«Hanno caricato il primo e fatto esplodere il secondo».

Casey scoppia a ridere e io mi unisco a lui.

«Mettiamoci al lavoro» dice poi. «Ho fatto una specie di progetto, così ti mostro come dovrebbe venire».

Mi passa un foglio di carta.

«Ehi, è bellissimo» dico. «Non sapevo che disegnassi così bene».

Lui scrolla le spalle, prende dal carretto un secchio e una corda e lancia la corda su un ramo alto tre metri. Poi lega a un capo il manico del secchio e lo riempie di martelli, chiodi e pezzi di legno.

«Io mi arrampico e tu mi mandi su il secchio» dice. «Poi sali anche tu».

"Caspita," penso "Casey è davvero furbo". Io mi sarei arrampicata trasportando contemporaneamente la roba. Quando siamo su, sono ancora più colpita. Casey sistema un'asse in una nicchia e la inchioda come un esperto falegname.

Io prendo l'altro martello e cerco di imitarlo, ma riesco solo a piegare il chiodo.

«Tuo padre non ti ha insegnato a usare il martello?» mi chiede.

«Non l'ho mai visto usare un attrezzo in vita mia» rispondo sincera. «Se non conti lo stetoscopio».

«È un medico?»

Faccio di sì con la testa.

«È mia madre quella che se la cava con le mani. Cuce, lavora a maglia e all'uncinetto. Una volta ha persino ricamato la carta del mondo su una tovaglia».

«I miei genitori non sono molto pratici» mi spiega Casey. «Sanno cambiare una lampadina,

ma niente di più. È stato mio nonno a insegnarmi a usare gli attrezzi».

Dopo alcune istruzioni, sono riuscita a infilare un chiodo in un'asse senza distruggere il chiodo, né il mio dito. Forte!

«Come ti sembra Yardville finora?» mi chiede mentre lavoriamo.

Finora. Cerco di immaginare l'anno appena cominciato. Fino a questo momento non avevo pensato al futuro. Insomma, quanto può durare questa messinscena? E che cosa succede se non funziona?

«Mi piace, credo» rispondo. «È difficile farsi nuovi amici».

Casey mi rivolge un sorriso timido.

«Uno già ce l'hai».

Lo guardo e sento il cuore saltellare come un coniglietto. Lui è confuso. Sa la verità? Mi si contrae lo stomaco.

«Parlami della lega giovanile di pallacanestro» dico guardando altrove. «Sono tutti maschi, vero?»

«Erano. Quest'anno è mista».

«Ed è per questo che Zane non giocherà?» chiedo.

«Può darsi. Zane gioca per vincere e non gli piace essere fermato da niente e da nessuno».

«Se gioca a pallacanestro come gioca a football è meglio stare attenti» dico.

Casey è d'accordo.

«Zane è il più forte, il più veloce, il più tosto...»

Penso a quello che Zane ha detto a Lucinda a pranzo.

«Il più cattivo» aggiungo.

Casey ci pensa su.

«Può permettersi di esserlo. Forse fa parte del pacchetto».

"Quindi è così che funziona, se sei maschio?" mi chiedo. "Più sei tosto e cattivo, e più gli amici ti rispettano?"

Prendo un chiodo e lo metto in posizione. Poi sollevo il martello e concentro tutta la mia forza da maschio sulla sua piccola testa di acciaio.

Accidenti! Manco il chiodo e spacco l'asse.

Casey ride e scuote la testa. Ho ancora molto da imparare.

ore 17.38

«Amigo, sbrigati o faremo tardi!»

Amigo mi guarda e sembra non capire quello che dico. Non è da lui. Di solito corre accanto alla bici o addirittura davanti, facendomi perdere l'equilibrio, ma oggi tira come se fosse un'ancora nelle sabbie mobili.

Do un colpetto al guinzaglio. La mamma non tollera ritardi per la cena. Per lei è come uno spettacolo: "Priscilla Frankenhauser e il suo fantastico cibo". Se non sei seduto e pronto a masticare, si arrabbia moltissimo.

Anche papà ci tiene molto alla faccenda della cena in famiglia, ma per un altro motivo. Dice che è l'unico momento in cui ci vede tutti insieme nello stesso posto.

Amigo rallenta e non accelera neanche se lo tiro. Comincio a preoccuparmi. Smonto dalla bici e gli cammino accanto, lui si trascina a fatica. Quando mi piego per accarezzarlo, si allontana.

«Papà!» grido spalancando la porta di casa. «Papà, vieni, presto!»

La mamma appare per prima.

«Che succede?»

«Credo che Amigo stia male».

Papà scende dal piano di sopra asciugandosi le mani e lancia l'asciugamano sulla ringhiera. Quando usciamo, Amigo è disteso sull'erba accanto alla mia bici. Papà s'inginocchia e lo esamina, prima la testa, poi il resto del corpo. Quando arriva alla pancia pelosa, il cane emette un guaito.

«Che cos'ha?» chiedo.

Papà m'ignora.

«Buono» dice ad Amigo, premendogli delicatamente la pancia. Il cane s'irrigidisce ma resta fermo.

Papà si schiarisce la voce.

«C'è una massa» spiega guardando la mamma e me. «Una cosa dura».

«Che significa?» chiedo preoccupata.

«Non sono un veterinario. Domani è meglio portarlo all'ambulatorio».

«Dai, papà!» piagnucolo. «Un'idea ce l'avrai».

Lui si alza e mi mette un braccio sulla spalla.

«Non ha senso tirare a indovinare, Joanie. Potrebbe essere una cosa seria, ma potrebbe anche non essere niente. Con una tac avremo più informazioni».

Mi giro verso la mamma.

«Domattina chiamo la veterinaria» dice stringendomi le spalle. «Ora entriamo, la cena è pronta».

«E Amigo? Non possiamo lasciarlo qui fuori».

Papà lo prende in braccio, lo porta in garage e lo posa sulla sua cuccia. Lui non oppone resistenza.

«Gli darò gli avanzi» dice la mamma mentre entriamo. «Lui adora le mie braciole di maiale».

Le adoro anch'io, ma quando mi siedo a tavola mi è passata la fame. Sono troppo preoccupata per Amigo. Fino a oggi sapeva solo correre a tutta birra, camminare non aveva idea di cosa fosse. Ma ora…

Ripenso a quello che ha detto papà. "Potrebbe essere una cosa seria, ma potrebbe anche non essere niente".

Ho la brutta sensazione che sia una cosa seria.

Cap. 4

3 OTTOBRE

ore 8.15

Sono entrata nel bagno del supermercato per mettermi i pantaloncini. Il cuore mi batte forte, perché per poco non ho incontrato Zane! Stava uscendo, mentre io smontavo dalla bici. Ho dovuto nascondermi dietro un furgone per non farmi vedere.

Tremo al pensiero di quello che sarebbe successo se mi avesse visto con la gonna. È così terribile che la mia mente si rifiuta di contemplarlo, trasformando il terrore in rabbia. Non è difficile. Mi basta ricordare quello che è successo stamattina.

Stavo montando in bici, in procinto di andare a scuola, con Amigo che mi scodinzolava accanto, apparentemente pronto all'azione. Forse la massa che papà aveva sentito ieri sera era solo un topo non digerito.

All'improvviso ho sentito la voce della mamma alle mie spalle. «Joanie!» Non era un "Joanie" affettuoso o allarmato. Era un: "Ora mi senti, Joanie".

Mi sono girata con lo stomaco sottosopra. Lei era in piedi vicino ai cespugli con in mano la gonna appallottolata di ieri mattina. Accidenti. Avevo intenzione di portarla nella stanza della lavanderia.

«Che ci fa qui?» mi ha chiesto con il suo miglior tono da prof.

«Dev'essermi caduta».

«Devi essertela tolta. Che cosa avevi sotto?»

«I jeans» ho confessato.

«Io non ti capisco, Joanie. Stai cercando in tutti i modi di sembrare brutta?»

Quelle parole sono state come una doccia fredda e ho detto la prima cosa che mi è venuta in mente:

«Quindi immagino di dovermi nascondere la faccia dietro a un chilo di trucco come fai tu».

«Quello che devi fare è tenerci al tuo aspetto» è

sbottata lei. «Ora torna subito in casa e mettiti la gonna!»

«Ma sarà piena di formiche».

«Non m'interessa. Entra *immediatamente*!»

Ho obbedito. Quando sono uscita, lei mi ha esaminato.

«Almeno così nessuno ti scambierà per un maschio».

Proprio quello che temevo. Per fortuna sono riuscita a cacciare i pantaloncini nello zaino.

Ora, mentre li infilo, mi tornano in mente le parole con cui mi ha salutato: «Che cosa è successo alla felpa rosa che ti ho prestato il primo giorno di scuola?».

Ottima domanda. Durante l'intervallo andrò a dare un'occhiata nell'ufficio oggetti smarriti.

Prima di uscire dal bagno, mi guardo allo specchio. Davvero sembro brutta? I miei nuovi amici – Zane, Casey e gli altri – non lo credono, vero? Il pensiero che potrebbe non essere così mi dà una strana sensazione di vuoto.

Ma poi mi ricordo che per loro sono solo un maschio. Il mio aspetto non gl'importa, a meno che non avessi qualcosa di molto insolito, come un occhio azzurro e uno marrone o roba del genere.

Questo dovrebbe farmi sentire meglio, ma non è così. Sono solo molto confusa.

Questa sensazione scompare appena esco dal bagno e guardo l'orologio del supermercato. Le otto e un quarto! Accidenti, sono in ritardo!

ore 10.45

Le cose si mettono bene! La Anstine non mi ha punito per il ritardo e finora non ha affatto nominato le mie storie di Superkid. Forse se n'è dimenticata.

Quando suona la campanella dell'intervallo, Zane schizza in piedi imitando un annunciatore della pubblicità:

«Siete pronti per una partita a football?».

«C'è da chiederlo?» esclamo mentre andiamo verso la porta.

«John,» mi chiama la prof «posso parlarti un minuto?»

Oh, no! Il mio ottimismo affonda come il *Titanic.* Guardo Zane, che rotea gli occhi e dice: «A dopo, amico».

Mentre mi siedo accanto alla Anstine, ho lo stomaco sottosopra. So di essere nei guai, grossi guai.

Lei prolunga la mia agonia aspettando che tutti i compagni siano usciti dall'aula.

“Guai giganteschi” penso mentre mi sudano le mani. “Guai supergiganteschi”.

Vedo il mio quaderno sulla cattedra. Lei lo tocca e dice:

«Scrivi molto bene, John».

«Grazie» mormoro. So che sta solo cercando di farmi sentire tranquilla prima di sgridarmi.

«Il ritmo della narrazione è ottimo» prosegue sfogliando le pagine. «È veloce e avvincente. E mi piace anche come tratti i temi del coraggio e della lealtà».

Mi rilasso un po’. “Perché ero così preoccupata?” mi chiedo. La Anstine mi crede un maschio e i maschi possono scrivere storie come le mie. L’unico problema è che io non sono un maschio. Mi chiedo che cosa penserebbe se sapesse la verità. La risposta non è piacevole.

«Le tue storie sono molto crude, molto violente» dice.

M'irrigidisco. Ecco, ci siamo. Invece, con mio grande stupore, lei non sembra turbata, solo pensierosa. Eppure sento il bisogno di scusarmi, o almeno di spiegarmi.

«È solo finzione» le dico. «Non faccio cose del genere nella vita reale».

Lei fa una risatina. «Non lo pensavo».

Poi piega la testa di lato e mi guarda. Sembra che mi stia studiando, che stia cercando di decidere qualcosa. Ricambio lo sguardo. Ha begli occhi azzurri, luminosi e scintillanti come il sole sull'oceano. Ma qualche secondo dopo mi sta ancora fissando e io, a disagio, comincio a guardarmi intorno.

«A volte la gente usa l'arte per esprimere le emozioni più profonde» dice infine. «Emozioni come la rabbia e la frustrazione».

Sembra che si aspetti una risposta, quindi faccio di sì con la testa.

«È un bel modo per affrontare i sentimenti» continua. «Un modo sano. Molto meglio che sfogarli sulle altre persone». Si ferma. «Molto meglio che avere dei segreti».

Segreti? All'improvviso non riesco a respirare. Sa la verità. Oh, no, sto per essere punita!

Ma lei si limita a sorridere e mi restituisce il quaderno.

«Vai pure a giocare, John».

Lo afferro e salto su come un pupazzo a molla, poi lo lancio sul banco e mi avvio verso la porta.

«John?» mi chiama la prof.

Mi giro.

«Sì?»

«Continua a scrivere. Hai talento».

Un sorriso mi sale piano dal cuore.

«Grazie!»

In corridoio ripenso a quello che mi ha detto sull'uso dell'arte per esprimere le emozioni intense.

"Che cosa c'entra con me?" mi chiedo. "Io non sono né arrabbiata, né frustrata".

Be', a volte sì. Come stamattina, quando la mamma mi ha costretto a mettermi quella stupida gonna. O quando frequentavo la Mount Washington e Randy Soworski non mi passava la palla. E quando la professoressa Pillspring ha detto ai miei della storia di Superkid, quella è stata la volta peggiore!

Ma qui a Yardville è tutto diverso. Ora sono John e non ho nessuno di quei problemi.

Apro la porta ed esco sul campo giochi. Casey mi vede e mi fa segno di avvicinarmi, perciò mi metto a correre sollevata. Avevo ragione a pensare che le cose si mettono bene. La prof non mi punirà per le storie di Superkid e i miei nuovi amici – i miei amici *maschi* – mi hanno accettata.

Se tutto questo non è fantastico, non so proprio come altro definirlo.

ore 12.12

«Perché la prof ti ha trattenuto all'intervallo?» mi chiede Spencer tra un morso e l'altro del suo panino con burro di arachidi e gelatina.

«È per quel quaderno che ti ha preso ieri, vero?» dice Zane.

Ogni volta che parlo delle storie di Superkid le cose si complicano, perciò scrollo le spalle.

Gli altri notano il mio silenzio.

«Che cos'era?» chiede Ernesto. «Un biglietto a una femmina?»

«No!» grido. E questa non è una bugia!

«Un ritratto della prof?» dice Casey.

Io scuoto la testa e infilo la cannuccia nel succo di frutta.

«Dai, sputa il rospo» mi incita Zane.

«Sono delle storie, tutto qui» mormoro.

«Che tipo di storie?» domanda Casey. Sembra talmente interessato che per poco non glielo dico.

«Vediamole» dice Zane prima che io possa rispondere.

«Eh?»

«Ho detto vediamole. Adesso. Dai, faccele leggere».

«Scordatelo» dico guardando altrove.

«Ehi, credevo che fossi nostro amico» replica Zane. «Gli amici non hanno segreti, giusto?»

«Giusto» rispondono tutti in coro.

Hanno gli occhi puntati su di me come fucili, in attesa di vedere che cosa decido. Nessuno dice niente, ma ho la sensazione che se non gli faccio leggere le storie la pagherò cara. Niente più partite di football durante l'intervallo, niente amici con cui pranzare. Anzi, niente amici e basta.

Zane si schiarisce la voce e allunga la mano con il palmo rivolto verso l'alto. Ora o mai più.

Sto per dargli il quaderno quando mi ricordo una cosa assolutamente catastrofica. Prima di alcune storie c'è scritto *Joanie,* perciò escogito in fretta un piano per guadagnare tempo e sostituirlo con *John.*

«Va bene, vi mostro le storie, ma solo alla fine dell'intervallo» dico tutto d'un fiato.

«E dai! Perché?» mi chiede.

«Devo riguardarle. Ora uscite e tornate solo cinque minuti prima della campanella».

Zane mi rivolge uno sguardo ostile, e io ricambio. Sbuffando, lui e gli altri si allontanano.

Mezz'ora dopo ritornano e mi fissano con impazienza.

Prendo il quaderno dallo zaino con riluttanza, Zane lo afferra e lo apre alla prima storia di Superkid. Tutti si sporgono in avanti per leggere da sopra la sua spalla. Lo stomaco mi balla come una barca durante una tempesta. Gli piacerà? O la troverà poco convincente?

I secondi passano. Zane gira pagina. Poi, finalmente, mi guarda.

«Non sapevo che fossi bravo a scrivere, Frankenstein».

«È bella!» esclama Casey.

«Sì, forte» dice Spencer.

Gli altri annuiscono e io ridacchio come un'idiota. Gli è piaciuta!

«Scommetto che Casey saprebbe fare delle illustrazioni formidabili» suggerisce Ernesto.

«Certo» dice Casey. Poi si rivolge a me e aggiunge: «Sempre se sei d'accordo».

«Sarebbe stupendo!»

grido, dimenticandomi completamente di mantenere il controllo.

«Una volta finite, potrei passarle nello scanner dei miei» prosegue. «Potremmo farci un libro».

«E chiedere un quarto di dollaro a tutti per farlo leggere» aggiunge Zane con un sorrisetto.

La campanella suona e noi ingurgitiamo ciò che resta del pranzo. Io cerco di prendere il quaderno, ma Zane mi ferma.

«Posso tenerlo per il resto del pomeriggio? Voglio finirlo».

Dovrei dire di no. E se la prof si accorge che lui legge durante la lezione? Non credo che sarebbe comprensiva per due volte di fila, d'altra parte sono troppo entusiasta che gli piacciano le mie storie.

«Certo» rispondo.

ore 14.30

Alla fine delle lezioni, Zane mi aspetta fuori dall'aula e mi restituisce il quaderno.

«Grazie» dico girandomi per andarmene.

«Aspetta, devo dire una cosa a tutto il gruppo».

A tutto il gruppo! Non riesco ancora a credere di farne parte. Aspettiamo che arrivino Casey, Ernesto, Spencer e Miguel, poi Zane ci raduna intorno a lui.

«Credo che dovremmo fondare una vera Lega dei Superamici» dice. «Potete farne parte tutti, se superate le prove».

«Che vuoi dire?» chiede Casey. «Dobbiamo fare il bagno nelle scorie radioattive?»

Tutti ridacchiano, ma Zane rotea gli occhi.

«D'accordo, non abbiamo i superpoteri, e allora? Siamo sempre i più tosti e i più coraggiosi. M'inventerò tre prove. Chi le supera farà parte della banda».

«Perché tu?» domanda Spencer.

Zane gli si avvicina, così tanto che i loro nasi quasi si toccano.

«Perché io sono il più cattivo della scuola e posso metterti al tappeto quando voglio. Vuoi una dimostrazione?»

Spencer ci mette un secondo a fare marcia indietro.

«Va bene» mormora. «Qual è la prima prova?»

Zane non esita. Sembra proprio che ci abbia già pensato.

«Avete presente l'albero della riserva naturale, quello sul ciglio del dirupo?»

«Quello su cui ti sei arrampicato?» chiede Casey.

Zane annuisce.

«Ecco la prima prova. Dovete arrampicarvi e appendervi per le gambe al ramo che sporge sulla gola».

Ripenso al giorno in cui Casey mi ha mostrato l'albero. Non avrei mai creduto che qualcuno potesse scalarlo, men che meno restare appeso al ramo. Poi cerco di immaginarmi mentre mi arrampico e la paura mi travolge come una scarica elettrica. Mi guardo intorno. Anche gli altri sono terrorizzati.

«È troppo pericoloso» dice Casey. «Se cadi da lì, ti rompi il collo».

«Allora è meglio se non cadi» replica Zane.

«Dai, amico» interviene Ernesto sforzandosi di ridere. «Non tutti vogliamo morire come te».

«Se non lo fate,» dice Zane in tono calmo «non potrete entrare nella Lega dei Superamici».

In silenzio, riflettiamo sulle sue parole. Poi Zane aggiunge:

«Io ci vado ora. Chi ha il fegato di venire con me?».

Senza aspettare risposta, si gira e si allontana.

Noi ci guardiamo a disagio, chiedendoci cosa fare. Spencer si mette a correre per raggiungerlo ed Ernesto e Miguel seguono il suo esempio.

Restiamo solo Casey e io. Cerco di guardarlo negli occhi, ma lui si fissa le scarpe. Poi, lentamente e con la testa ancora china, si trascina dietro Zane e gli altri.

Io resto lì, chiedendomi cosa fare. Sono spaventata a tal punto che mi tremano le ginocchia, ma non voglio essere esclusa. Questa è la prima volta che faccio parte di un gruppo. La prima volta che vengo accettata. Non mi va di rovinare tutto. E poi, quanto sarà difficile arrampicarsi su quello stupido albero?

Sto per scoprirlo.

ore 15.00

Tutti, tranne Ernesto, veniamo a scuola in bici. Quella di Spencer ha il portapacchi, quindi Ernesto monta dietro a lui e insieme partiamo per la riserva naturale.

Lungo il tragitto nessuno parla. Probabilmente siamo troppo occupati a pensare a quello che ci aspetta.

Quando vedo la grossa quercia contorta, sento contrarsi lo stomaco. È anche meno stabile di quanto ricordassi. Grosse radici sporgono dalla parete del dirupo, penzolando nel vuoto. E quel ramo… non reggerebbe neanche Amigo, figurarsi uno di noi.

Zane molla la bici e si dirige verso l'albero. Si arrampica come un ragno e poco dopo è sospeso sulla gola. Lo guardo con ammirazione mentre attorciglia le gambe al ramo e si lascia andare. Ci rivolge un sorriso a testa in giù e unisce le mani come un pugile che ha appena messo a segno un knock-out.

«Una passeggiata» commenta ritornando verso di noi. «Chi è il prossimo?»

Ci guardiamo, poi Spencer dice:

«Vado io».

Non è veloce e sicuro di sé come Zane, ma riesce a raggiungere il ramo. Sistema le gambe e si piega all'indietro senza lasciarlo. Poi, lentamente, molla la presa e le braccia ricadono all'ingiù. Un secondo... due... Afferra il ramo e si tira su. Ce l'ha fatta!

Ernesto si offre volontario. Mentre si arrampica sul ramo, un grosso pezzo di terra si stacca dalle radici sporgenti e, rimbalzando sul dirupo, cade nella gola. Lui esita.

«Sei certo che è sicuro?» chiede.

«Per niente» risponde Zane. «È questo il bello, no?»

Ernesto serra la mascella e si appende al ramo. Poco dopo scende come un razzo.

Casey e io ci guardiamo nervosamente. Chi sarà il prossimo?

«Forza, Dilliplane» lo incita Zane.

Sollevata, guardo Casey avvicinarsi all'albero. Sembra un po' malfermo. Mentre si arrampica, scivola per ben due volte e per poco non cade.

Alla fine raggiunge il ramo. Si aggrappa con forza, il mento vicinissimo alla corteccia, e avanza piano verso la gola. L'albero scricchiola un po' e Casey si ferma con gli occhi sbarrati per la paura.

«Forza!» grida Zane. «Muoviti!»

Casey è steso a pancia in giù sul ramo, con le gambe attorcigliate con una forza tale che temo lo spezzi. Si protende cauto verso l'estremità e lascia la presa. Non si è appeso per le gambe come vorrebbe Zane, ma prima che chiunque protesti, lui torna velocemente verso il tronco e comincia a scendere.

Zane scuote la testa.

«E *quello* cos'era, Dilliplane?»

«Il ramo stava scricchiolando, amico» risponde Casey. «Temevo che si spezzasse».

Cosa? Oddio. Dice sul serio?

«Ha superato la prova?» chiede Spencer con impazienza.

Zane ci pensa su.

«Stavolta passi, Dilliplane,» dice «ma la prossima prova devi farla come si deve».

Casey annuisce e si gira. Ha l'aria di chi vorrebbe nascondersi sotto un mucchietto di foglie.

All'improvviso Miguel dice:

«Io… devo andare».

Tutti ci giriamo a guardarlo.

«Già,» aggiunge nervosamente «mi ero dimenticato che avevo l'appuntamento dal dentista. Mia madre mi uccide se non mi presento».

«Dai, amico» lo deride Zane. «Non hai nessun

appuntamento dal dentista, sei soltanto un vigliacco».

Miguel sembra un coniglio in gabbia.

«Qual è il problema? Saprei arrampicarmi a occhi chiusi».

«Allora perché non lo fai?» chiede Spencer.

«Perché è una sciocchezza!» dice Miguel voltandosi e prendendo la bici. «Me ne vado».

«Vigliacco» urla Zane mentre Miguel si allontana. «Perdente!»

«Addio, fifone!» grida Ernesto.

Spencer raccoglie un sasso e lo lancia, colpendo Miguel in testa.

«Niente fegato, niente gloria!» gli urla Zane.

Miguel scompare dietro un gruppetto di alberi pedalando come un forsennato. In quel momento decido di non tirarmi indietro. Corro verso l'albero e mi arrampico come se mi inseguisse un orso. Quando arrivo al ramo, striscio fino a metà senza neanche accorgermene. Poi mi fermo e commetto l'errore di guardare giù. Oddio! Il fiumiciattolo che scorre in fondo alla gola sembra lontanissimo. E quelle radici sporgenti... paiono pitoni arrabbiati in attesa che io cada per afferrarmi.

«Che stai aspettando?» urla Zane.

Gli altri mi stanno incitando, o forse insul-

tando. Il sangue mi pulsa così forte nelle orecchie che non riesco a sentire. Mi muovo di lato e fisso le gambe al ramo. L'albero emette una specie di profondo mugolio, sembra non poterne più, come se stesse per esalare l'ultimo respiro. Pezzi di terra rotolano giù per il dirupo. Sento lontani *plop, plop, plop* quando finiscono nel fiumiciattolo.

Il panico mi assale e preme contro lo sterno come un mostro che cerca di uscire. "Fallo" mi dico. "Fallo adesso!"

Stacco le mani dal ramo e mi piego all'indietro. Caspita! Sono appesa per le gambe! Non vedo niente, perché ho gli occhi chiusi, ma lo sto facendo.

Gli applausi e i fischi degli altri mi danno la carica. Devo scendere prima di finire nel dirupo!

Il ricordo seguente è il pugno di Zane sul braccio.

«Sei dentro» dice.

All'improvviso la paura è scomparsa. Vorrei alzare in aria le braccia e fare una folle danza. Vivere da maschio è fortissimo. Una passeggiata. E mi sento così bene!

Ci riuniamo tutti intorno a Zane. Lui allunga il braccio verso il centro e stringe il pugno. Noi vi poggiamo le mani sopra, proprio come prima della partita.

«Viva i Superamici!» grida.

«Viva i Superamici!» urliamo anche noi.

Le nostre voci riecheggiano tra gli alberi, facendoli tremare. E quella stupida quercia... se Zane schioccasse le dita, s'inchinerebbe ai nostri piedi.

ore 18.30

Con i miei amici so chi sono. Sono accettata, mi sento inserita. Sto bene. Ma se non rientro per l'ora di cena, stavolta le prendo.

Mentre pedalo verso casa, il mio ego si sgonfia lentamente. Presto sarò a tavola con i miei e la mamma mi criticherà i capelli, la postura, i vestiti...

Oh, no! Stamattina sono uscita con la gonna. Se rientro in pantaloncini, lei andrà su tutte le furie. Lascio la bici nel vialetto e mi nascondo tra i cespugli. Sto prendendo la gonna dallo zaino quando la mamma apre la porta d'ingresso.

«Joanie, dove sei?»

Io mi acquatto e aspetto, immobile, in apnea.

«Joanieee!» grida. «Riunione di famiglia! Subito!»

Ops! Spero solo che non c'entri con me. Mi sfilo i pantaloncini, indosso la gonna e corro in casa.

Amigo mi viene incontro in corridoio scodinzolando, ma zoppica un po' e non mi salta addosso come fa sempre. Mi piego ad accarezzarlo e lui mi lecca la mano.

«Joanie, sei tu?» dice la mamma.

Seguo la sua voce in sala da pranzo. Sono tutti seduti intorno al tavolo, ma non c'è niente da mangiare.

«Ciao a tutti» dico sistemandomi al mio posto.

Rob e Stuart mi fanno un cenno con la testa, la mamma mi accarezza la mano e papà si schia-

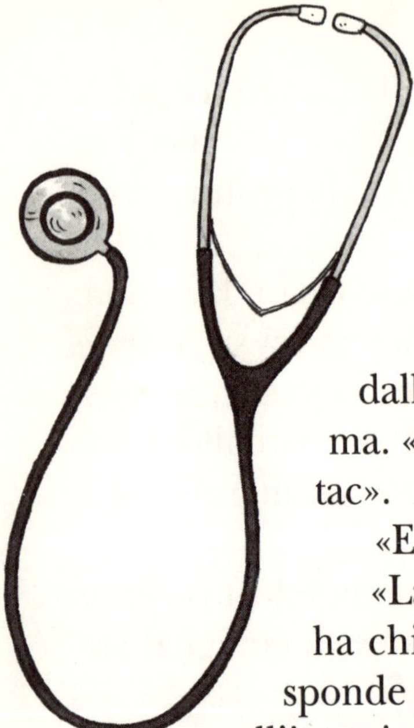

risce la voce. Accidenti, è una cosa seria. M'irrigidisco tutta come quando sto per ricevere una strigliata.

«Oggi ho portato Amigo dalla veterinaria» dice la mamma. «L'ha visitato e gli ha fatto la tac».

«E...?» chiede Rob impaziente.

«La dottoressa McCullough mi ha chiamato nel pomeriggio» risponde papà. «Amigo ha un tumore all'intestino».

«Vuoi dire un cancro?» gli chiedo incredula.

Papà annuisce.

«Può operarlo, ma le probabilità che riesca a rimuoverlo del tutto sono solo del cinquanta per cento. E non ci sono garanzie che non si sia già diffuso nello stomaco o nel sistema linfatico».

«Che vuoi dire?» chiede Stuart aggrottando la fronte sotto i capelli stopposi. «Che Amigo morirà?»

«Devo essere sincero?» dice papà. «Sì. Forse non subito, se lo facciamo operare. Se invece lo abbattiamo...»

«Se lo uccidiamo?» dico senza fiato.

«È un'alternativa, forse la più umana».

«No!» grido.

«Joanie, non possiamo spiegare ad Amigo cosa sta succedendo» replica papà. «Se la dottoressa McCullough lo opera, lui si ritroverà in una gabbia, lontano dal suo ambiente familiare e soffrirà. Non credo che debba affrontare tutto questo, soprattutto se non possiamo promettergli la guarigione».

«Ma *potrebbe* migliorare,» insisto «vero?»

«Potrebbe, ma ricorda che non si riprenderà subito. Dovrà portare un collare di plastica a forma di imbuto per non strapparsi i punti. Non potrà uscire e ciò significa che dovremo pulire noi i suoi bisogni. Non sarà piacevole». Si rivolge alla mamma. «Non sarà nemmeno economico».

Guardo sotto il tavolo. Amigo m'infila la testa tra le ginocchia e mi squadra con aria interrogativa. Cerco di immaginarlo con i punti sulla pancia e un imbuto di plastica intorno al collo. Mi sembra impossibile.

«Forse hai ragione» dice Rob accigliandosi come papà quando fa una diagnosi. «Forse è meglio mettere fine alla sua afflizione».

«Amigo non è afflitto!» protesto.

«Non ancora» interviene papà.

Quelle parole mi fanno venire la pelle d'oca.

Cerco di non pensarci: Amigo si rimetterà, deve farlo.

«Io so solo che non pulirò cacca di cane» annuncia Stuart arricciando il naso.

«Ricordatelo per la prossima volta che Stuart avrà un virus intestinale» dico alla mamma. «Se vomita, fai pulire tutto a lui».

«Non litighiamo» interviene papà. «Joanie, immagino che tu voti per l'operazione. Rob, Stu, voi siete contrari, vero?»

Rob annuisce. «Credo che quello che ci hai spiegato sia sensato, papà».

Stuart alza le spalle. «Per me è lo stesso. È il cane di Joanie, no? Non dovrebbe decidere lei?»

«Voglio sentire l'opinione di tutti» risponde papà. «Poi la mamma e io faremo ciò che riterremo opportuno».

Ci giriamo tutti verso la mamma. Non ha ancora detto una parola. Che cosa pensa? Non ce la vedo a pulire la cacca di Amigo. Non le piace nemmeno aspirare i suoi peli.

La mamma unisce le mani sul tavolo.

«Se fossi al posto di Amigo,» dice piano «non mi arrenderei, neanche se avessi una probabilità su un milione». Si guarda intorno. «Se lui potesse capire quello che sta succedendo, non credo che vorrebbe mollare».

«Priscilla,» interviene papà «che stai dicendo?»

«Che per me dovremmo farlo operare».

Non riesco a crederci! La mamma è dalla parte di Amigo, dalla *mia* parte!

«Sarà un'operazione complicata» dice papà. «E avremo molte spese».

«L'hai già detto» mormoro.

«Joanie, la mia non è crudeltà, anzi. Cerco di risparmiare ad Amigo una morte lenta e dolorosa».

«Comunque vada, mi prenderò io cura di lui» dice la mamma. Poi si gira verso di me. «*Ci* prenderemo cura di lui».

Ci? Mia madre e io non riusciamo ad apparecchiare la tavola senza litigare. Come faremo con un cane malato?

Non conosco la risposta, ma se significa salvare la vita ad Amigo, ci proverò con tutte le mie forze.

Cap. 5

4 OTTOBRE

ore 10.45

È il mio quarto giorno da maschio e comincio ad abituarmi. Non devo quasi più ricordarmi di stare stravaccata sulla sedia, di ruttare e di non parlare con la voce acuta. Ormai mi viene naturale.

Oggi, però, sono troppo preoccupata per Amigo per farci caso. Alle dieci è stato operato. Volevo restare a casa per accompagnare la mamma, ma lei me l'ha vietato. Le ho ricordato che avrebbe avuto bisogno di aiuto, poiché l'ultima volta che l'abbiamo portato dalla veterinaria, Amigo ha inseguito un chihuahua fino alla strada e ha quasi causato un incidente stradale. Lei però non ha cambiato idea.

Durante l'intervallo cerco di distrarmi con la partita di pallacanestro. Non è lo sport in cui riesco meglio. Non ho ancora segnato un canestro, ma ho cercato di compensare a questa mancanza sfoggiando le mie doti difensive e finora ho già rubato palla tre volte.

Ora Zane prova a segnare. Gioca a pallacanestro bene come a football, forse anche meglio, perché è più alto di tutti noi. *Swoosh!* È il fruscio della rete.

Mentre Casey prende la palla al volo, noto Lucinda appoggiata al muro della scuola che ci osserva. È facile intuire cosa pensi. Ha lo stesso sguardo di desiderio che avevo io alla Mount Washington. Mi dispiace un sacco per lei. Una volta ero al posto suo e volevo entrare nel gruppo a tutti i costi. Ora faccio parte della banda di Zane,

ma solo perché tutti mi credono uno di loro. Se sapessero la verità, starei accanto a Lucinda.

La campanella suona. Zane lascia la palla e va con gli altri verso l'aula. Io raggiungo Lucinda all'altezza del palo dove legano i palloni.

«Ciao» dico. «Sei Lucinda, vero?»

Lei mi guarda diffidente. Sa che faccio parte del gruppo di Zane.

«Giochi a pallacanestro nella lega giovanile?» le chiedo.

Annuisce. «Perché?»

«Così. Curiosità. So che sei brava negli sport». Visto che lei resta in silenzio, aggiungo: «Io sono...».

Una voce alle mie spalle m'interrompe.

«Guardate chi ha una cotta per Lucinda!»

Mi giro e vedo Zane che ridacchia. Spencer, Ernesto e Casey sono dietro di lui.

«Zitto» mormoro.

«Ha qualcosa che John vuole» dice Spencer in modo allusivo.

Ernesto scoppia a ridere.

«Sì, Lucinda, perché non vai dietro i cespugli e gliele mostri?»

Io la guardo. È diventata rossa come un peperone. Vorrei dire qualcosa per difenderla, ma come faccio? Zane e gli altri si aspettano che stia dalla loro parte, altrimenti non mi perdonerebbero mai.

Per fortuna mi salva l'arrivo di Hailey Dupree e di Miranda Bennett.

«Perché non la lasciate in pace?» dice Hailey con le mani sui fianchi.

«Già, prendetevela con qualcuno che ha il cervello piccolo come il vostro» aggiunge Miranda. «Insomma, con un subumano».

Zane ridacchia.

«La vostra è tutta invidia, perché siete piatte come una lavagna».

Non è proprio vero. Tutte e due portano il reggiseno, l'ho intravisto sotto la maglietta. Miranda ha persino qualcosa da metterci dentro. Qui, l'unica piatta come una lavagna sono io.

Non so bene cosa pensare. Se Zane e gli altri sapessero che sono femmina, mi ignorerebbero del tutto. Ma se avessi il corpo di Lucinda, sarebbe un'altra musica... Io però non voglio quel genere di attenzioni.

La sorvegliante del campo giochi batte le mani. «Ragazzi, in classe!»

«Vieni, Lucinda» dice Hailey. Lei e Miranda la prendono sottobraccio e vanno via tutte insieme.

Zane ride. «Guardatele, l'uccello dai piedi azzurri e le sorelle Befanetti».

Gli altri continuano a scherzare mentre rientriamo in classe. Io guardo altrove. Questa faccenda dei maschi e delle femmine mi confonde completamente. L'unico che non parla è Casey. Lo guardo. Ha un'espressione assente, impassibile. Chissà a cosa pensa.

ore 14.30

Finita la scuola, Zane ci raduna. «Credo che siate pronti per la seconda prova» dice.

Spencer sporge il petto in avanti. Da quando si è appeso al ramo è un po' più sicuro di sé, un po' più deciso. Ed è anche più amico di Zane.

«In che cosa consiste?» chiede.

«Conoscete il vecchio che vive in fondo alla strada? Quello che ci grida sempre dietro?»

Ho capito chi è. Nell'ultima casa della via c'è un signore con i capelli bianchi, sempre affacciato alla finestra per controllare che, dopo la scuola, i ragazzi non gettino carte di caramella sul marciapiede e non calpestino il suo prato. Se succede, lui esce immediatamente gridando che i giovani di oggi non hanno rispetto e che è meglio che si levino di torno, altrimenti chiama la polizia.

«Si chiama Corolla» dice Ernesto. «Frequenta la mia parrocchia».

«È uno scocciatore» replica Zane «e credo che sia l'ora di dargli una lezione».

«Tipo?» chiede Casey.

«Incontriamoci presso l'asta della bandiera quando fa buio» risponde. «Faremo vedere al vecchio signor Corolla che non può sfidare la Lega dei Superamici».

Cos'ha in mente? Spero che non sia pericoloso come la prima prova.

«Zane,» dico «io...»

«Se non vieni, puoi scordarti di far parte dei Superamici» m'interrompe. Poi si avvicina alla bici e apre il lucchetto.

Spencer ed Ernesto gli corrono dietro.

«Vuoi lavorare alla casa sull'albero, nel pomeriggio?» mi chiede Casey.

«Non posso. Stamattina hanno operato il mio cane. Devo andare a casa per vedere come sta».

«Mi dispiace. Che cos'ha?»

«Il cancro. Ma... si rimetterà». Vorrei tanto crederci, però non ne sono così sicura. E se papà avesse ragione? Se Amigo dovesse morire?

Casey guarda Zane, Spencer ed Ernesto che si allontanano. Poi dice: «Cosa credi che abbia in mente Zane per stasera?».

«Non ne ho idea».

Casey guarda altrove.

«Ho passato a malapena la prima prova. Stavolta non posso tirarmi indietro».

«E se...?» m'interrompo. «Se fosse qualcosa di molto brutto?»

«In quel caso non *dobbiamo* farlo per forza, vero?»

Non capisco se è un'affermazione o una domanda. Ovviamente non dobbiamo fare per forza quello che dice Zane, ma se non lo facciamo, non saremo i più tosti e i più coraggiosi della scuola, no? Non saremo più Superamici.

«Ci vediamo più tardi» dico.

Casey annuisce. «A dopo».

ore 16.14

Sento la porta d'ingresso aprirsi e salto giù dal letto.

«Mamma?» grido correndo nel pianerottolo. «Mamma, come sta?»

«L'intervento è andato bene» risponde salendo le scale. «Ho appena parlato con la dottoressa McCullough. Amigo sta riposando. Se domani sta bene, possiamo riportarlo a casa».

«Hanno tolto tutto il cancro?»

«La dottoressa crede di sì, ma solo il tempo ce lo dirà».

Emetto un gridolino di gioia e scivolo giù lungo la ringhiera.

«Joanie, per favore, sembri un animaletto selvatico». La mamma mi si avvicina e libera i ciuffetti che ho fermato dietro le orecchie. «Così va meglio. Ora prendi il pollo dal frigo e sciacqualo. Scendo subito a preparare la cena».

Mugolo. Come può Casey divertirsi a cucinare? Io lo detesto!

Vado in cucina e lancio la confezione di pollo nel lavandino. Poi prendo una bibita e una fetta di torta alle pere che la mamma ha fatto ieri. È così strano non avere Amigo tra i piedi, che elemosina le briciole. Chissà come si sente in questo momento. Piuttosto disorientato, immagino. Spero solo che non soffra.

Quando la mamma arriva, sto sciacquando il pollo viscido e disgustoso.

«Cosa prepari?» le chiedo.

«Pomodori ripieni e pollo al curry».

Arriccio il naso.

«Perché non fai mai il pollo fritto? Anzi, potremmo andare a mangiarlo fuori».

Ora è lei che arriccia il naso.

«I cibi fritti fanno male». Prende un coltello dal cassetto e comincia a tagliare il pollo.

La guardo mentre affetta. Mia madre è sempre precisa. Non le viene mai voglia di togliersi le scarpe e infilarsi in bocca qualche biscotto?

Cerco di immaginarla alla mia età. Ho visto le sue foto. Portava i codini, indossava vestiti graziosi e aveva sempre un sorriso dolce. Sospiro e lancio l'ultimo pezzo di pollo sul tagliere. Scommetto che non ha mai fatto niente di folle, cattivo o pericoloso. Scommetto che l'avrei odiata.

La porta sul retro si apre e Rob e Stuart irrompono in casa.

«Sara Cole viene a studiare qui» annuncia Rob. «Avvisatemi quando arriva». Afferra l'ultima fetta di torta – con tutta la teglia – e si precipita di sopra.

«Ehi,» grida Stuart correndogli dietro «lasciamene un pezzo!» Li sento lottare e ridere sulle scale.

Nessuno dei due ha nominato Amigo. Non gl'importa nemmeno se è vivo o morto?

In questa famiglia c'è qualcuno a cui importa, oltre a me?

La mamma taglia un pezzo di pelle di pollo, grassa e quindi vietata, dal petto. Guarda a terra, dove di solito Amigo si struscia contro le nostre gambe.

«Che cosa ci faccio con gli scarti?» dice.

È solo la mia immaginazione o sembra triste mentre li butta nella spazzatura?

ore 20.00

Sono accanto all'asta della bandiera, in attesa che arrivino gli altri.

Ho detto ai miei che sarei andata alla riserva e che sarei tornata prima che facesse buio. Che cosa gli racconterò al ritorno?

Ci sto pensando quando vedo le bici di Zane, Spencer ed Ernesto. Casey arriva subito dopo.

«Bene, ci siamo tutti» dice Zane mettendo la mano in tasca con un sorrisetto. «Guardate qui».

Ci sporgiamo in avanti per vedere cos'ha in mano. Sono petardi, una ventina o una trentina!

«Non sono illegali?» chiede Casey.

«Non in Mississippi» risponde Zane. «Me li ha dati mio cugino il 4 luglio per la Festa dell'Indipendenza».

«Qual è il piano?» domanda Ernesto.

«È semplice: li lanciamo nel retro del giardino del signor Corolla e lo facciamo arrabbiare».

Tutti ridono tranne me. Mi esce solo un "ah". Sto pensando a cosa succede se chiama la polizia.

«Muoviamoci» dice Zane.

Montiamo tutti in bici e pedaliamo fino alla casa del signor Corolla. In salotto c'è la luce accesa. Zane scende dalla bici e la porta a mano dietro la casa. Noi lo seguiamo.

Il giardino del signor Corolla è circondato da un alto recinto di legno e di fronte c'è un prato con qualche cespuglio e due alberi. Più oltre, il parcheggio di una clinica. Zane lascia la bici nell'erba e noi lo imitiamo. Alzandoci sulle punte riusciamo a sbirciare oltre il recinto. Accanto alla luce della veranda c'è una panchina, un vecchio tosaerba e una vaschetta rotta per uccelli.

«Pronti a far fuoco?» dice Zane con un sorriso, prendendo petardi e fiammiferi.

«E se incendiamo il giardino?» chiede Spencer con una risatina nervosa.

«Non succederà» risponde Zane. Accende un fiammifero e lo avvicina all'estremità di un petardo. Quando quello si accende, noi facciamo un salto all'indietro. Zane si arrabbia.

«Ehi ragazzi, è solo un petardo, non una bomba a mano!»

Lo lancia oltre il recinto e il petardo esplode con un forte botto.

«Chi è il prossimo?» chiede. «Dai, Spencer. Non ti sei tirato indietro alla prima sfida».

Spencer sembra diventare più alto sotto lo sguardo di approvazione di Zane. Accende un petardo e lo lancia oltre il recinto.

«Fuoco!» grida.

Crack!

«E tu, Ernesto?» chiede Zane. «Spencer ha fatto meglio di te l'altra volta. Non vorrai che ti batta di nuovo, vero amico?»

Ernesto si acciglia e prende una fila di petardi. Li accende tutti insieme e li lancia nel buio. Il suono sembra quello di una mitragliatrice.

All'improvviso si apre la porta.

«Chi c'è là fuori? Che succede?» È il signor Corolla, furioso e spaventato.

Zane ridacchia e accende altri due petardi, che lancia oltre il recinto.

Pop! Pop!

Io spio attraverso una fessura. Il signor Corolla sta correndo nel prato in pigiama.

«Viene verso di noi!» sussurro.

Corriamo dietro i cespugli e ci nascondiamo. Guardo Casey, che sembra spaventato quanto me.

«Chi è là?» grida il signor Corolla. «Fatevi vedere!»

Nessuno si muove, nessuno fiata. Sembriamo

conigli terrorizzati che cercano di confondersi con il paesaggio.

«Credo che se ne siano andati, Murphy» dice infine l'uomo. «Vuoi entrare?»

Spencer dice a bassa voce:

«Chi è Murphy?».

Zane scrolla le spalle.

«Ho un'altra fila di petardi» sussurra. «Casey, lanciala prima che rientri».

«Io?» chiede Casey senza fiato.

Zane scuote la testa.

«Amico, dopo il fiasco dell'altro giorno pensavo che morissi dalla voglia di rifarti».

«Credo proprio di no» lo deride Ernesto.

Spencer fa una smorfia.

«Che perdente!»

«Non chiamarmi così» sbotta Casey.

«Non sei affatto un Superamico, questo è sicuro» dice Zane.

Casey serra le labbra. "Sta per piangere?" mi chiedo. All'improvviso afferra i petardi dalla mano di Zane e corre verso il recinto. Con dita tremanti, li accende e li lancia nel giardino.

Pop! Pop! Pop! Pop!

Un urlo acuto squarcia l'oscurità e tutti restiamo immobili, con gli occhi sgranati per la paura.

«Murphy!» grida il signor Corolla. «Oddio!»

Zane spia attraverso una fessura e spalanca la bocca.

«Merda» dice senza fiato.

Lo spingo da parte e vedo il signor Corolla che innaffia qualcosa con un tubo di gomma. Socchiudo gli occhi cercando di capire cos'è.

Una sagoma scura e inzuppata sfreccia attraverso il giardino e supera il recinto con un salto. Mi rialzo appena in tempo per vedere un gatto che si tuffa tra i cespugli.

«Io me la batto!» mormora Zane.

Corre verso il prato, e noi dietro di lui, inciampando l'uno sull'altro mentre cerchiamo le bici a tastoni nell'oscurità. Sarà la mia? Non ne sono sicura, ma so che è una bici. La trascino nel parcheggio e ci salto su. Poi comincio a pedalare e non mi fermo finché non sono a casa.

Cap. 6

5 OTTOBRE

ore 8.09

Mentre vado a scuola in bici ho la testa altrove. Sto pensando ad Amigo. Oggi dovrebbe tornare a casa. Che aspetto avrà? Riuscirà a camminare? Mi riconoscerà?

Sto anche pensando a Casey e al fatto che nel prossimo fine settimana non potrò lavorare alla casa sull'albero con lui. Sono in punizione per aver fatto tardi ieri sera. Non posso lamentarmi troppo, però. Almeno hanno creduto alla mia storia: ero a casa di Casey e non mi sono accorta dell'ora. Se sapessero quello che stavo facendo veramente, forse mi metterebbero in punizione per tutta la vita!

Oltrepasso il supermercato e giro nella via della scuola. Per fortuna oggi la mamma mi ha permesso di tenermi i pantaloncini. Era troppo impegnata a gridare che mi ero dimenticata di riportarle la felpa rosa. Si arrabbierà anche di più quando saprà la verità. Non riesco a trovarla. Non è all'ufficio oggetti smarriti. Non è in classe. È come se fosse svanita nel nulla.

Oltrepasso anche la casa del signor Corolla. C'è un grosso gatto arancione seduto sulla veranda. Lo guardo... poi lo riguardo. Il gatto ha una chiazza irregolare e pelata sul dorso. Mentre freno, mi sento male. Siamo stati noi?

«Murphy,» sussurro «mi dispiace».

Il gatto mi osserva senza battere ciglio.

Quando arrivo a scuola, Casey mi sta aspettando vicino alla rastrelliera delle bici.

«John,» dice nervoso «credo di aver dato fuoco al gatto del signor Corolla».

«Lo so» replico. «L'ho visto. Però non è colpa tua. Tutti abbiamo lanciato i petardi».

«Tutti tranne te».

È vero, ma solo perché Zane ha spinto lui a lanciare l'ultima fila. Se l'avesse detto a me, avrei rifiutato? Non credo.

Zane arriva e dà un'inchiodata, con Spencer

ed Ernesto alle sue spalle. Si finge preoccupato e ci chiede:

«Avete visto il gatto del signor Corolla?».

A Spencer scappa una risatina.

«Amico, quel gatto ha avuto una giornataccia!»

Scoppiano a ridere.

«Non è divertente» sbotta Casey. «Quei petardi gli hanno dato fuoco. Poteva morire!»

«Calmati» lo deride Zane. «Sta bene. E poi non ti sei divertito quando il vecchio lo ha innaffiato?»

«Sembrava uno straccio bagnato!» esclama Ernesto.

«Un pulcino fradicio!» aggiunge Spencer.

«Non sono scoppiato a ridere per un pelo!» dice Zane.

«Non ridevi affatto» replico. «Te la sei data a gambe come tutti noi».

«Parla per te, Frankenstein» grugnisce Zane. «E comunque abbiamo dato filo da torcere al vecchio!»

La campanella suona e gli altri si avviano in classe, tutti tranne Casey, che s'inginocchia accanto alla bici. Io seguo Zane, ma ho lo stomaco ancora sottosopra. Continuo a pensare a Murphy con i peli incendiati. Poverino! Avrà avuto molta paura!

La risata degli altri mi risuona nelle orecchie. È così che si comportano i maschi? Se Rob e

Stuart fossero qui, riderebbero anche loro?

Può darsi. Insomma, Murphy inzuppato era proprio buffo, ricordava i gatti dei cartoni animati. E dopotutto non si è fatto male.

Allora perché non rido? Do un calcio a un sassolino grigio nell'erba. Forse non m'inserirò mai. Né da femmina, né da maschio.

Mentre entriamo, mi guardo intorno. Sono circondata da maschi che dovrebbero essere miei amici. I compagni della Lega dei Superamici. E allora perché mi sento così sola?

ore 15.34

«È qui?» chiedo entrando in casa come una furia.

La mamma appare nell'ingresso.

«È in cucina, ma non fare baccano. Sta dormendo».

La seguo in cucina con lo stomaco contratto per l'emozione. E poi lo vedo, il mio cagnone pieno di vita disteso sulla cuccia, con gli occhi chiusi, immobile. Ha un grosso collare a forma d'imbuto e un taglio lungo almeno sette centimetri sulla pancia rasata. La pelle tutt'intorno è rossa e gonfia.

Per un istante mi sembra morto, ma poi muove appena le zampe, come se stesse correndo. Quando dorme lo fa sempre. A volte abbaia addirittura. Ho sempre pensato che sogni di rincorrere un topo o qualcos'altro.

«E questo cos'è?» chiedo indicando il telo di plastica sotto la cuccia.

«Non riesce ancora a controllare l'intestino» mi spiega la mamma. «Ti ricordi quello che abbiamo detto? Per un po' dovremo pulire i suoi bisogni».

Già. Me n'ero dimenticata.

«Non possiamo portarlo fuori ogni tanto?»

«Joanie,» dice posandomi le mani sulle spalle «sapevi che sarebbe stato così. Abbiamo detto che ci saremmo prese cura di lui insieme».

"Questa è stata un'idea tua" vorrei dirle, ma non lo faccio perché mi rendo conto che permetterà ad Amigo di dormire in cucina. *La mamma*, che di solito non lo vuole nemmeno in casa!

«Va bene» dico.

In quel momento, Amigo emette un debole guaito triste. Io mi giro e noto che ha gli occhi aperti e sta cercando di alzarsi. L'unico problema è che le zampe posteriori non collaborano. Con un altro guaito, ricade all'indietro sulla cuccia.

Io corro da lui e m'inginocchio.

«Sta' buono» dico accarezzandogli la testa. «Sta' buono».

La mamma sospira.

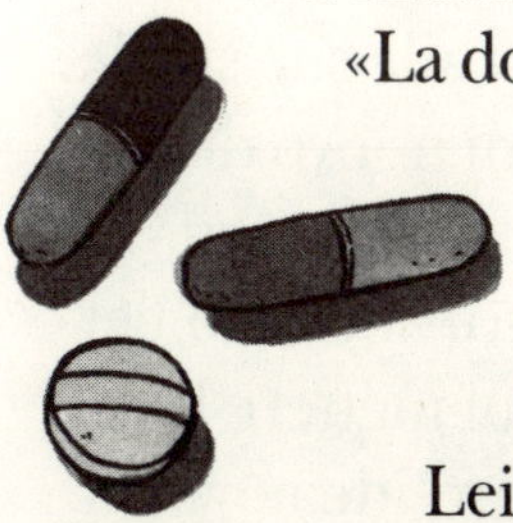

«La dottoressa mi ha dato degli antidolorifici, ma lui non vuole prenderli».

«Ha sempre odiato le pillole».

Lei ride.

«Ti ricordi quelle per le pulci?»

Rido anch'io. Abbiamo cercato di dargli una pillola al mese per uccidere le pulci e le zecche. Ovunque la nascondessimo – nel formaggio, negli hot dog, persino nel pollo – lui la sputava. Alla fine ci siamo arrese e siamo passate allo spray.

«Ci sarà pure qualcosa in cui nasconderle» dico. «Qualcosa che gli piace così tanto che non se ne accorgerà».

La mamma ci pensa su.

«Guardiamo nel frigo».

Sbirciamo dentro insieme.

«Uova strapazzate?» suggerisco. «Burro di arachidi? Formaggio?»

«Tira tutto fuori» dice la mamma. «Vediamo cosa riusciamo a preparare».

ore 17.32

«Oddio, Joanie ha il grembiule!» Alzo gli occhi e vedo Rob sulla soglia con Stuart alle sue spalle.

«Non dirmi che stai cercando di nuovo di farla appassionare alla cucina, mamma» dice Stu.

«Non sto cucinando» protesto. «Stiamo cercando di preparare qualcosa in cui mettere la pillola di Amigo. E abbiamo avuto un'idea».

La mamma è inginocchiata accanto al cane, che si sta leccando i baffi felice.

«Fegatini di pollo fritti con burro di arachidi» dice lei raggiante.

«Che schifo!» geme Stuart.

La porta d'ingresso si apre e papà entra in cucina.

«Come sta il paziente?» chiede. Poi vede i ripiani completamente occupati da roba da mangiare, padelle e utensili. «Abbiamo ospiti a cena?»

Quando la mamma gli dice che abbiamo passato due ore a cucinare per Amigo, lui scuote la testa.

«La dottoressa non vi ha mostrato come dare una pillola a un cane? Dovete tenergli aperta la bocca e spingerla in fondo alla lingua. Poi gli massaggiate la gola finché non la ingoia».

«Forse non ti ricordi la storia delle pillole per le pulci» dico. Papà ha cercato di usare quel metodo, ma Amigo gli sfuggiva sempre. L'unica volta che è riuscito a fargliela ingoiare, lui ha subito vomitato.

Papà è scioccato.

«Sto solo dicendo che avete un po' esagerato».

Forse ha ragione, ma è stato divertente provare tutte quelle strane combinazioni di cibo. Abbiamo fatto un'omelette con formaggio e pillola, un taco con pelle di pollo e pillola, persino una tartara di hamburger e pillola (cioè un hamburger crudo con acciughe e capperi, che ci crediate o no).

La mamma sorride dolcemente.

«Tesoro, andresti dal cinese a prendere qualcosa?» dice a papà.

Non riesco a crederci! Ci permette di mangiare cinese! Succede solo quando sta troppo male per cucinare.

«Ehi, forse far fare ad Amigo l'operazione non è stata una cattiva idea» dice Rob prendendo una tortilla dal ripiano.

«Sempre che non dobbiamo pulire i suoi bisogni» aggiunge Stuart.

«Non tocca a voi pulire» dice la mamma. «Puliremo noi. Voglio che voi due mettiate via tutto il cibo sui ripiani e laviate le padelle».

Loro emettono un mugolio di sconforto.

«Non è giusto!» piagnucola Stuart.

«Al lavoro» dice la mamma. «Joanie e io andiamo a guardare la televisione».

Io ridacchio.

Forse cucinare non è poi così terribile, se significa avere qualche vantaggio. Mi tolgo il grembiule e lo lancio a Stuart.

ore 2.00

Bip! Bip! Bip!

Spengo la sveglia e guardo che ore sono. Le due del mattino!

Con un lamento, mi giro dall'altra parte. Il letto è morbido e caldo. L'ultima cosa che vorrei fare è alzarmi, ma ho promesso alla mamma che avrei dato io la pillola ad Amigo.

Per come la vedo, è il minimo che possa fare. Lei si è alzata a mezzanotte per controllare come stava e pulirgli la cuccia e si alzerà di nuovo alle quattro. Perciò il turno delle due è il mio.

Sollevo le coperte e m'infilo vestaglia e pantofole. La luna piena proietta riquadri di luce azzurra sul pavimento. Mentre percorro il corridoio sento papà russare piano.

Una volta di sotto, accendo la luce della cucina. Oddio, la cuccia di Amigo è vuota!

Controllo ogni angolo della cucina, poi corro in garage, ma non lo trovo neanche lì.

Spaventata a morte, guardo in salotto e in sala da pranzo. Poi corro di sopra nella camera di mamma e papà. Apro la porta ed entro. Papà dorme con un braccio sulla testa. Ma dov'è la mamma?

«Sono qui» sussurra una voce.

È seduta sul pavimento vicino all'armadio. Amigo è disteso accanto a lei. Mi avvicino e li osservo stupita.

«Mezz'ora fa ho sentito un rumore in corridoio» sussurra la mamma. «Era lui, credo che ci stesse cercando. Poverino, era piuttosto instabile sulle zampe. Per un pelo non è finito contro il muro».

Io rido piano. Qualche ora fa, Amigo non riusciva nemmeno ad alzarsi. Ora cammina, o almeno ci prova.

«La pillola deve aver fatto effetto».

«Basta un poco di fegato e la pillola va giù» canticchia la mamma.

Io ridacchio e mi siedo accanto a lei.

«Non avevo mai visto Amigo in camera tua».

«Che altro potevo fare? Non posso lasciarlo vagare per la casa, potrebbe strapparsi i punti».

Cerca di sembrare severa, ma quando gli accarezza la testa so che non è così.

«Grazie, mamma».

In quel momento sento un rumorino che proviene dal posteriore di Amigo. Qualcosa di umido e puzzolente cola sulla moquette. Senza fiato, mi copro il naso con la mano. Che schifo!

Amigo si agita, apre un occhio e ritorna a dormire. Io guardo la mamma. *E adesso?* Lei si alza senza dire una parola e ritorna subito dopo con il detergente per moquette e una spugna.

«Non dire niente a tuo padre» sussurra mentre spruzza e pulisce. La puzza scompare e al suo posto c'è un profumo di limone. Lei si siede e sorride dolcemente, come se non fosse successo niente.

Restiamo in silenzio per un po', ad accarezzare Amigo e a vederlo dormire. Guardo la mamma. Alla luce della luna il suo viso è ancora più bello del solito. L'ho visto guardare *me* di notte, mentre mi accarezzava i capelli. Resta sempre seduta con me e con i miei fratelli quando siamo malati. Ci cucina cose speciali e ci legge un libro. Se deve, ci pulisce anche.

«Mio padre è morto quando avevo quindici anni» dice piano. «Te l'ho detto, vero?»

Annuisco.

«Infarto. Il dottore gli mise un bypass e lo rimandò a casa con fogli e fogli di indicazioni. Doveva smettere di fumare, fare ginnastica e una dieta particolare. Ma io credo che fu il soggiorno in ospedale a ucciderlo. Quando tornò a casa era un uomo diverso da quello che conoscevo. Sembrava stanco, sconfitto, come se si fosse arreso».

«Vuoi dire che non fece le cose che il dottore gli disse?» chiedo.

«Non con convinzione». Guarda altrove. «Morì dopo sei mesi».

Corrugo la fronte e ci penso su. È assurdo. Aveva moglie e figli. Come ha potuto arrendersi?

«Io sono diversa. Io combatto. Se c'è anche una sola possibilità di vincere, non mi arrendo» dice.

«Tu?» dico sorpresa. «Tu combatti?»

Ora è lei che sembra sorpresa.

«Faresti meglio a crederci. Quando voglio qualcosa non mollo, no di certo».

In effetti mi ritorna in mente la volta in cui Rob non è riuscito a entrare al corso di matematica. La mamma si è praticamente accampata davanti all'ufficio del preside finché quello non ha cambiato idea. E la volta in cui papà è stato citato da un paziente. La mamma ha lavorato mattina e sera per preparargli le carte necessarie e fare le ricerche per il processo. Non ha dormito quasi mai finché il suo nome non ne è uscito pulito.

«Credo che tu sia come me» dice spostandomi una ciocca di capelli dalla fronte. «Combatti anche tu».

Penso a come gioco a football, senza risparmiarmi, e a come mi sono appesa al ramo nella riserva. Quando ho guardato la gola, avrei voluto tirarmi indietro, ma non l'ho fatto.

Poi penso a come non ho voluto arrendermi per Amigo. Quello è un combattimento completamente diverso. Non fisico, come il football, eppure ho tenuto duro e non ho scelto la soluzione più facile.

Guardo la mamma. Neanche lei ha voluto arrendersi per Amigo. Ora si prende cura di lui, anche se significa ritrovarsi i suoi peli sui vestiti e la cacca sulla moquette. Anche se sa che potrebbe non funzionare e che Amigo potrebbe morire.

Uhm. È difficile crederci, ma forse, dopotutto, la mamma e io abbiamo qualcosa in comune.

Cap. 7

7 OTTOBRE

ore 20.24

È domenica sera e sono in bagno a lavarmi i denti prima di andare a letto. Mi guardo allo specchio. I ciuffetti sono davanti alle orecchie, sorrido e piego di lato la testa come fa la mamma quando parla con papà. Sembro una femmina. Sono Joanie.

Poi nascondo i ciuffetti dietro le orecchie, infilo i pollici nei jeans all'altezza della vita e sogghigno come faceva Zane mentre lanciava i petardi nel giardino del signor Corolla. Sembro un maschio. Sono John.

La prima è quella che vuole la mamma, la seconda è quella che vogliono i Superamici, ma nessuna delle due va bene. Mi scompiglio i capelli e faccio una pernacchia al ragazzino nello specchio. Perché ho le idee così confuse?

Sento un tonfo e mi giro. Amigo è sulla soglia

e scodinzola. Sembra ancora un po' malfermo, ma si è alzato, un notevole miglioramento da come stava due giorni fa. Anzi, oggi ha anche mangiato quello che mangia di solito e ha fatto una breve passeggiata nel giardino sul retro. Ha persino abbozzato una specie di scatto per inseguire uno scoiattolo!

Mi sciacquo la bocca e mi chino per grattargli le orecchie. Rob compare in cima alle scale con lo skateboard sotto il braccio.

«Come sta Wonder Dog?» chiede, fermandosi ad accarezzarlo.

«Stasera ha preso la pillola solo con il burro di arachidi» rispondo. «Forse comincia a piacergli».

«Splendido» brontola Rob. «Più fegatini di pollo per noi». Mi rivolge un sorriso e va in camera sua.

Rido anch'io. Ora che Amigo ha superato la fase dei bisogni in casa, i miei fratelli gli riservano molte più attenzioni. Persino papà si ferma ad accarezzarlo e a chiedere: «Come sta il paziente?».

Ieri sera, dopo cena, ho sentito mamma e papà che parlavano in cucina.

«La dottoressa McCullough ha detto che la biopsia ha escluso la presenza di cancro fuori dalla zona colpita» ha detto papà.

«Amigo è un cagnone forte» ha replicato la mamma. «Secondo me ce la farà».

«Ha sicuramente la più carina delle infermiere» ha detto papà con voce sdolcinata.

Ho smesso di origliare quando ho sentito il primo bacio. Mamma e papà non fanno che baciarsi in cucina. Che schifo!

Esco dal bagno e vado in camera mia. Amigo mi segue e guarda con desiderio il mio letto. I punti non gli permettono ancora di saltarci su, perciò si raggomitola sul pavimento.

«Non ti preoccupare» gli dico. «Presto starai bene».

Ovviamente, quando sarà guarito non credo che la mamma lo farà dormire in camera mia.

«Ma ci saranno altri vantaggi» aggiungo. «Come le passeggiate nella riserva».

Sorrido. I miei genitori non mi hanno permesso di andarci sabato perché ero in punizione, ma oggi li ho pregati e supplicati e alla fine hanno ceduto. Forse perché sono stata molto servizievole con Amigo. Non li ho neppure avvertiti. Sono montata in bici e sono uscita.

Casey stava già lavorando alla casa sull'albero. Stava tagliando dei pezzi da 5 centimetri per 10 e mi ha insegnato a usare la sega. Abbiamo persino fatto una porta con i cardini veri e Casey mi ha fatto vedere come avvitarli. Sto finalmente cominciando a capire come si usano gli attrezzi. Potrei tentare di costruire una gabbietta per uccelli a forma di casa da mettere in giardino.

Mentre lavoravamo, ho aggiornato Casey sulle condizioni di Amigo. Poi ci siamo raccontati le barzellette.

«Mamma, mamma, quando avremo zia Edna a cena?»

«Zitto e mangia. Non abbiamo ancora finito la nonna».

Un uomo sta pescando nel ghiaccio, ma non prende nulla. A un certo punto arriva un ragazzino, fa un buco nel ghiaccio e prende sei pesci di fila.

«Come hai fatto?» gli chiede l'uomo.

Il ragazzino risponde:

«Evi eere i emi al cao».

«Cosa?» domanda l'uomo.

«Evi eere i emi al cao».

«Non capisco una parola di quello che dici» replica l'uomo.

Allora il ragazzino si sputa qualcosa in mano e dice: «Devi tenere i vermi al caldo».

Casey ha riso così forte che gli è partito il moccio dal naso. Quando si è calmato, si è asciugato il naso con la manica e ha fissato i rami dell'albero. Credevo che stesse pensando a un'altra barzelletta, invece ha detto:

«Tutti questi discorsi sul tuo cane mi hanno fatto pensare al gatto del signor Corolla».

«Murphy starà bene» ho detto. «Ha perso solo un po' di pelo. Gli ricrescerà».

«Lo so, ma...» Ha scrollato le spalle. «Forse dovrei andare dal signor Corolla e confessare tutto. Potrei usare la mia paghetta per risarcire il conto del veterinario un po' alla settimana».

L'ho guardato con rispetto. Ci vuole molto coraggio per affrontare il signor Corolla, però non il genere di coraggio che ci è voluto per lanciare i petardi. Sarebbe diverso e forse molto più difficile.

Casey mi ha guardato speranzoso. Forse voleva un po' d'incoraggiamento, ma io mi sono girata perché non sapevo cosa dire. Se ci fosse stato Zane lo avrebbe deriso senza pietà, chiamandolo fifone. Dovevo fare lo stesso? In realtà avrei voluto abbracciarlo e offrirmi di accompagnarlo a casa del signor Corolla. Cosa c'è in me che non va?

Non era l'unico motivo per cui mi sono girata. La confessione di Casey mi aveva fatto venire voglia di rivelargli il mio segreto.

Ho aperto la bocca, ma poi l'ho richiusa. Casey non è come gli altri. È divertente ed è piacevole parlare con lui. Se gli dicessi il mio grande segreto, forse capirebbe.

E se invece non fosse così? Se mi considerasse ridicola? O, peggio, una svitata? Se corresse dagli altri a spifferare tutto? L'intera scuola saprebbe la verità, John è Joan. Non la farei mai franca!

La voce della mamma mi riporta al presente.

«Joanie, è ora di andare a dormire» dice dal corridoio. «Domani devi andare a scuola».

«Va bene».

Comincio a spogliarmi, ma continuo a pensare a Casey. Ho fatto la cosa giusta?

Mentre mi sfilo la maglietta, il braccio s'impiglia nella manica e va a sbattere contro il petto.

Strano, mi sono fatta male. Abbasso lo sguardo e...

No! Non può essere! Non sono più piatta come una lavagna. Ho il seno, o quantomeno un inizio.

Mi gira la testa. Torno di corsa in bagno e mi fisso allo specchio. Non c'è dubbio. Dove una volta non c'era niente, ora ci sono dei piccoli rigonfiamenti.

Dovrei essere felice? Triste? Mi sento solo confusa e un po' spaventata. Che altro cambierà? E come lo nasconderò ai compagni di scuola?

«Joanie,» dice la mamma, la voce sempre più vicina «credevo di averti detto di andare a dormire».

La porta del bagno si apre, io sussulto e mi abbasso la maglietta del pigiama.

«Qualche problema?» mi chiede. «Sembra che tu abbia appena visto un fantasma».

"Un sacco di problemi!" vorrei gridare. "Problemi enormi!"

Ma come posso spiegarle i miei sentimenti? Per lei non dovrei nemmeno indossare i pantaloncini a scuola. Se sapesse quello che succede, potrebbe anche avere un infarto!

«Nessun problema» rispondo costringendomi a sorridere. «Niente di niente».

SUPERKID

in

Il segno rivelatore

di John Frankenhauser

Mentre camminavo verso la pista da skateboard, in pantaloncini e maglietta, tutti mi consideravano un ragazzino normale. Non sapevano che sono Superkid, nemico del crimine e capo della Lega dei Superamici.

All'improvviso qualcosa mi ha colpito alle spalle. Tutto è diventato buio e al risveglio ero sul pavimento di un furgone con intorno i topi cyborg del Dottor Spavento. Ho cercato di respirare e di mettermi a sedere, ma non riuscivo a muovermi. Avevo braccia e gambe immobilizzate da cinghie di cuoio.

«La pagherai per questo!» ho gridato.

«Sei tu che la pagherai» ha detto una voce. I topi hanno fatto un passo indietro e il Dottor Spavento è apparso accanto a me. «Ti piace il mio nuovo laboratorio mobile?» mi ha chiesto con un sorriso crudele.

«I Superamici mi troveranno» l'ho avvertito. «Vi distruggeranno tutti».

«Non dovranno cercarti,» ha detto lui «perché ti libererò io. Ma prima» ha aggiunto indicando la mia mano destra «dimmi se ti piace il tuo nuovo tatuaggio».

Ho sollevato la testa e ho guardato la mano. Era stata tatuata con il logo del Dottor Spavento: un teschio, due provette e le lettere DS. Ho urlato. Avevo addosso il segno del male!

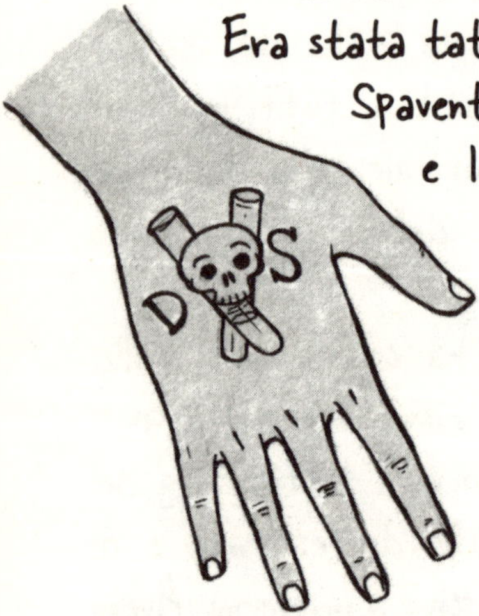

Il Dottor Spavento rideva.

«Ho usato un nuovo inchiostro chimicamente modificato, ovviamente di mia invenzione. L'inchiostro ti entrerà lentamente nel sangue e indebolirà i tuoi superpoteri. Ben presto Superkid sarà uno come tanti altri!»

Il Dottor Spavento si è chinato e ha slacciato le cinghie di cuoio. Poi i topi mi hanno spinto fuori dal furgone. Mentre si allontanavano, ho cercato di rimettermi in piedi.

Con il mio skateboard superpotente li ho inseguiti. Durante la corsa, ho preso il miniboomerang, ho fatto una flessione all'indietro e ho puntato alle ruote del furgone. Ma quando l'ho lanciato, il boomerang non ha raggiunto il bersaglio.

Oh, no! I miei poteri stavano già svanendo. Ho provato ad accelerare, ma il furgone del Dottor Spavento si allontanava sempre di più, finché non è sparito dietro un angolo.

Che fare? Non potevo affrontare gli altri supereroi con quell'ignobile tatuaggio. Potevo indossare dei guanti, ma come avrei potuto nascondere la perdita dei superpoteri? Se volevo ancora far parte della Lega dei Superamici dovevo trovare una soluzione.

All'inizio è andato tutto bene. I guanti celavano il tatuaggio e siccome il Dottor Spavento e i suoi topi non facevano nessuna mossa, non c'era ragione perché usassi i miei superpoteri.

Poi, un giorno, Porcospino, Lama, Ferramenta e Bava – i miei compagni della Lega dei Superamici – sono venuti a casa mia sulle loro potentissime minibici da cross. Ferramenta, noto come Casey quando non indossa il costume da supereroe, mi ha trovato in camera mia davanti ai videogiochi.

«Il Dottor Spavento è stato visto catturare rane dal fiumiciattolo dietro il laboratorio» ha detto.

«Ha in mente qualcosa di malvagio» ho replicato. «Ci scommetto quello che vuoi!»

All'improvviso ho notato che mi guardava la mano. Oh, no! Non avevo i guanti! L'ho nascosta velocemente dietro la schiena, ma ormai era troppo tardi.

«E quello cos'è?» mi ha chiesto afferrandola.

Ho cercato di lottare, ma non avendo quasi più poteri è stato tutto inutile. Quando ha visto il tatuaggio è diventato bianco come un lenzuolo.

«Com'è successo?» mi ha chiesto.

Controvoglia, gli ho raccontato tutta la storia.

«Chi sono senza i miei superpoteri?» ho detto abbassando la testa. «Non servo a nessuno. Non sono niente».

«Maledetto Dottor Spavento!» ha gridato lui agitando il pugno in aria. «La pagherai per questo!»

«Di' ai Superamici di continuare a combattere» ho detto. «Io andrò dove nessuno mi conosce».

«No» ha detto Ferramenta. «Puoi aiutarci a combattere il Dottor Spavento anche senza superpoteri».

«E come?» ho chiesto.

«Bastano intelligenza e coraggio, e tu ne hai da vendere». Mi ha preso la mano tatuata. «Vieni con noi, Superkid. Vieni con noi e combatti!»

Aveva ragione? Potevo ancora servire a qualcosa? Volevo credergli, ma ero in preda alla confusione.

«Ci penserò su» ho detto infine.

Ferramenta ha capito che avevo bisogno di solitudine. Mi ha strizzato la mano tatuata ed è andato a raggiungere gli altri Superamici. Io li ho guardati allontanarsi dalla finestra con il cuore pesante.

Avrei potuto davvero lottare di nuovo con i miei compagni? Non lo sapevo.

Cap. 8

8 OTTOBRE

ore 8.40

«Ragazzi,» dice la professoressa Anstine «prima che apriate i libri devo farvi un annuncio. La prossima settimana ci sarà una lezione speciale dal titolo: *Crescita e cambiamento: tu e il tuo corpo*».

«Mio fratello maggiore me ne ha parlato» sussurra Hailey a Lucinda. «È educazione sessuale».

Sgrano gli occhi. Educazione sessuale! Sembra imbarazzante... e molto interessante.

«Non sarà niente che già non sappiamo» sussurra Lucinda. «Mestruazioni e roba del genere».

Mestruazioni? La mamma deve avermi dato un libro sull'argomento a fine estate, ma io non l'ho letto. Ora che ci penso, non so nemmeno dove l'ho messo.

All'improvviso Hailey si accorge che la sto guardando, arrossisce e dice seccata:

«Pensa ai fatti tuoi, John».

«Quella dei maschi sarà lunedì,» prosegue la Anstine «mentre quella delle femmine martedì. Mercoledì vedremo un film che s'intitola: *Maschi e femmine: ricordare le somiglianze e rispettare le differenze*».

«Io conosco le differenze di Lucinda» sussurra Zane. «Tutte e due».

I maschi ridacchiano, tutti tranne me. Sono troppo occupata a pensare a quelle lezioni. Ovviamente seguirò quella dei maschi e forse imparerò un sacco di cose interessanti. Ma cosa mi perderò? Sarà qualcosa di importante quello che le femmine devono sapere? Qualcosa sulle mestruazioni e sui rigonfiamenti che ho sul petto?

«State buoni,» dice la prof con un sorriso «so che questo argomento vi fa ridere, ma è un bel film, ve lo garantisco».

«È vietato ai minori?» chiede Spencer.

La prof lo ignora.

«Quasi dimenticavo. Tra un paio di settimane ci sarà la festa d'autunno. Ho alcuni volantini da darvi».

La festa d'autunno? Non ne avevo ancora sentito parlare. Guardo Casey con espressione perplessa.

«Organizzano dei giochi» sussurra. «E i genitori preparano biscotti da urlo».

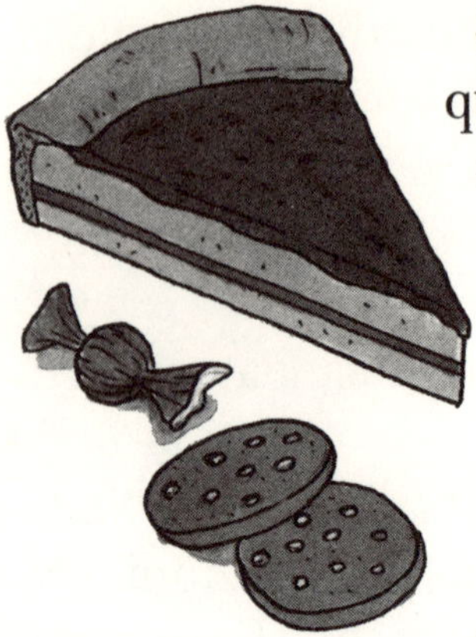

Biscotti? La mamma adora queste cose. Per le feste della scuola prepara sempre dolci prelibati, come la millefoglie, e si offre volontaria per stare al tavolo, fare le porzioni e distribuirle.

In circostanze normali non m'importerebbe, ma quest'anno è diverso. Se la mamma comincia a frequentare le altre madri, prima o poi una di loro le chiederà chi è sua figlia. Cosa succederebbe se lei dicesse: «Joanie Frankenhauser» e un'altra mamma replicasse: «Vuole dire *John*?».

È così orribile che non voglio nemmeno pensarci.

Quando Casey mi passa i volantini, io ne prendo uno e lo infilo sotto il banco, in fondo in fondo. La mamma non deve venire a sapere niente della festa d'autunno. Ovviamente, forse me la perderò anch'io e la cosa non mi fa piacere, soprattutto se penso a quanto mi potrei divertire con Casey. Ma immagino di non avere scelta.

ore 12.13

«Siete pronti per la terza prova, Superamici?» chiede Zane mentre ci sediamo a pranzo.

«Spara» risponde Spencer.

Zane aspetta che tutti siano pronti per ascoltarlo, poi indugia ancora un po'. Poco prima che scoppiamo di curiosità, dice:

«Seguiamo Lucinda a casa, la circondiamo e le tiriamo il reggiseno».

Io spalanco la bocca. Zane è davvero cattivo! Gli altri sembrano altrettanto sbalorditi, tranne Spencer che ridacchia e dice:

«Sei un genio, Hamilton».

«Sì, vero?» ribatte lui con una risatina.

«Io non ci sto» annuncia Ernesto. «Mia sorella è una sua buona amica. Se faccio una cosa del genere, Lucinda lo dirà a Mari e lei lo riferirà ai miei, che me le daranno di santa ragione».

Zane lo guarda come se fosse un pezzo di carta igienica che ha calpestato con la scarpa.

«Va' al diavolo, Ardo» dice. «Vatti a sedere con Miguel e con gli altri fifoni».

Nessuno parla. Nessuno si muove. Zane diceva sul serio? Sta davvero sbattendo Ernesto fuori dalla Lega dei Superamici? Non posso crederci.

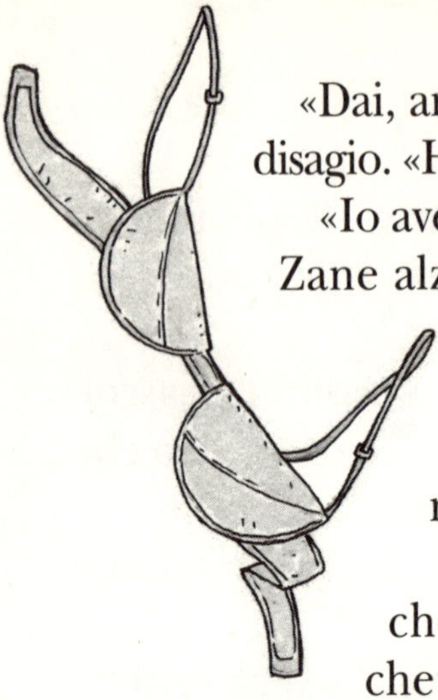

«Dai, amico» dice Ernesto ridendo a disagio. «Ho superato le altre prove, no?»

«Io avevo detto tre prove» risponde Zane alzando tre dita. «Sai contare, non è vero?»

«Allora fammi fare un'altra cosa. Non posso molestare Lucinda, sai com'è».

«Sì, so com'è» dice Zane. «So che sei fuori dai Superamici e che sei un patetico vigliacco».

«Non sono un vigliacco!» grida Ernesto.

«Donnicciola!» lo deride Spencer, guardando Zane per controllare se approva.

Zane fa una smorfia.

«Credo di sapere perché non vuole tirare il reggiseno di Lucinda: perché è una femminuccia, proprio come lei».

"Se solo sapesse…" penso. "L'unica femmina a questo tavolo sono io!"

All'improvviso Ernesto salta in piedi.

«Ritira quello che hai detto!» urla.

«Costringimi» replica Zane.

Ernesto fa un passo avanti, ma Spencer allunga il piede e gli fa lo sgambetto. Ernesto va a sbattere sulla sedia e cade per terra con un tonfo.

I ragazzi seduti ai tavoli vicini non sanno cosa

succede. Sanno solo che Ernesto è caduto, si danno leggere gomitate e ridono.

Ernesto ha il collo rosso e il colore diventa sempre più intenso. Lo guardo in faccia: ha gli occhi lucidi che sembrano sul punto di traboccare lacrime.

«Guarda, sta piangendo!» esclama Spencer.

«Visto, te l'avevo detto che è una femminuccia!» dice Zane.

Ernesto si rialza e si asciuga in fretta gli occhi.

«Me la pagherai per questo» farfuglia.

Zane ride.

«Che paura...»

Ernesto prende il vassoio e va al tavolo di Miguel. Mentre si allontana, mi fa male lo stomaco come se mi avessero appena dato un pugno. Non sapevo che i maschi potessero essere così crudeli.

Cerco di immaginare come si senta Ernesto in questo momento. Come un escluso, immagino. Come uno che non ce l'ha fatta. Ho l'impulso improvviso di andare a consolarlo, ma gli altri penserebbero che sono ancora più fifone di lui, giusto?

Zane si volta verso di noi.

«Siamo rimasti in quattro. C'è qualcun altro che vuole darsela a gambe?»

«Io no» risponde pronto Spencer.

Guardo Casey, ma lui non ricambia il mio sguardo. “Che sta pensando?” mi chiedo. E che cosa penso *io*? So solo che ho paura. Non voglio che Zane mi tratti come ha trattato Ernesto, anzi forse farei di tutto pur di evitarlo.

Ma tirare il reggiseno di Lucinda? Lo farei davvero?

Questo proprio non lo so.

ore 14.34

«Eccola» dice Zane ridacchiando e dando una gomitata a Spencer.

Siamo accanto all'asta della bandiera, solo noi quattro: Zane, Spencer, Casey e io. I più tosti dei tosti, i più cattivi dei cattivi. La Lega dei Superamici.

E allora perché sono così spaventata? Così preoccupata? Così confusa?

Vorrei tanto parlare con Casey, ma dopopranzo non ne abbiamo avuto l'occasione. O forse lui mi sta evitando? Continuo a guardarlo, ma lui non ricambia le mie occhiate. Si sta fissando le scarpe come se fossero lo schermo di un gameboy.

Lucinda, Hailey e Miranda ci passano accanto chiacchierando e ridendo. Per la prima volta da quando sono venuta a Yardville, provo il desiderio di passeggiare con loro invece di stare sotto l'asta della bandiera con i maschi.

Cerco di ricordarmi perché mi ritenevo differente dalle mie compagne di scuola. Certo, non sono mai stata una ragazzina ridanciana come Hailey e Miranda. Ma Lucinda? In questo momento mi sento molto simile a lei e nient'affatto diversa. Tutte e due amiamo gli sport e tra poco anch'io porterò il reggiseno.

«Come faremo a sorprenderla da sola?» chiede Spencer.

«Nessun problema. All'angolo si separano».

Quando le ragazze sono una decina di passi più avanti, lui comincia a pedinarle. Noi facciamo lo stesso. Ho le gambe un po' malferme e le mani sudate, perciò le asciugo sui jeans e ricordo a me stessa di respirare.

Inspira... espira... inspira... espira...

Devo solo superare quest'ultima prova e farò parte dei Superamici, proprio come nelle mie storie. Sarò tosta, forte, senza paura. Farò parte del gruppo dei maschi.

È quello che ho sempre voluto.

O no?

Credevo che i maschi avessero vita facile, ma frequentare Zane non è stato affatto semplice. Mi sento messa di continuo alla prova. Un passo falso e lui mi è addosso come un lupo su un agnello.

È così che vivono tutti i maschi? Non credevo che l'avrei mai pensato, ma mi dispiace per loro.

«Ecco» dice Zane quando Lucinda saluta le amiche. Loro girano a destra e lei a sinistra.

Giriamo anche noi in Makefield Avenue. Dopo un paio di isolati, lei taglia attraverso un prato.

Zane allunga il braccio e ci ferma. Si guarda in giro per vedere se c'è qualcuno. Nessuno in vista. Solo Lucinda che cammina nell'erba alta.

Zane aspetta che lei sia a metà del prato, vicino a una chiazza di cespugli.

«Ora!» grida.

Comincia a correre e Spencer gli va dietro, mentre Casey e io ci attardiamo. Lucinda sente i nostri passi e si volta. Quando Zane e Spencer l'afferrano per le braccia, fa un sussulto.

«Che volete fare?» urla cercando di liberarsi. «Lasciatemi!»

Ecco, è il momento perfetto per tirarle il reggiseno e darsela a gambe. Ma Zane trascina Lucinda dietro i cespugli e Spencer lo segue. Io esito, chiedendomi cosa stia succedendo, e guardo Casey che sembra stupito e sconcertato quanto me.

«Visto che siamo qui,» dice Zane con un ghigno «vediamo di che colore è».

Ho un nodo alla gola. È impazzito? Che cosa crede di fare?

Spencer tiene ferma Lucinda, mentre Zane le solleva la maglietta. Ho la sensazione che stia toccando me e, come Lucinda, mi irrigidisco. Vorrei fuggire, vorrei gridare.

Poi Lucinda urla e, all'improvviso, io mi ritrovo a correre verso Zane come se l'unica cosa che mi separi dalla vittoria del Super Bowl sia il placcaggio di quel deficiente. Lo colpisco con forza e finisco a terra su di lui.

«Che problema hai Frankenstein?» farfuglia cercando di liberarsi di me.

«Nessuno» rispondo. «Sei tu quello che si comporta come un idiota!»

Con un grugnito mi spinge da parte e si rimette in piedi.

«Credevo che fossi un tipo in gamba!» urla. «Ma sei uguale a Ernesto, un fifone, una *femminuccia*!»

Lo dice come se fosse il peggior insulto del mondo. Qualche tempo fa sarei stata d'accordo con lui, ma ora? Guardo Lucinda, che mi osserva confusa. Forse è ora di chiarirle la situazione, anzi, di chiarirla a tutti.

«Esatto» dico rimettendomi in piedi. «Sono una femmina».

«Di che stai parlando?» chiede Zane accigliato.

«Mi hai sentito. Ho finto di essere maschio, ma mi chiamo Joanie. Sono una *femmina*!»

Tutti mi guardano come se avessi appena detto di venire dallo spazio. Non m'importa. Voglio solo andarmene di lì, ma non posso lasciare sola Lucinda.

«Vieni» le dico facendole segno di avvicinarsi.

Zane non discute e nemmeno Spencer o Casey. Sono troppo scioccati, credo. Spencer fa un passo indietro e Lucinda esce di corsa dai cespugli. Ce ne andiamo insieme, solo noi due, lasciando i maschi a bocca aperta e senza parole.

Siamo quasi arrivate alla strada, quando Lucinda mi chiede:

«Sei davvero una femmina?».

Annuisco.

«Ma... perché hai detto a tutti di chiamarti John?»

«Non sono stata io. Sul registro c'era scritto così. Io ho solo fatto finta di niente». Mi stringo nelle spalle. «È una lunga storia».

Lei mi guarda cercando di dare un senso alla situazione. Non credo che ci riesca. Alla fine si arrende e dice:

«Grazie, John... cioè, Joanie». Mi rivolge un sorrisetto timido e se ne va.

Io aspetto che giri l'angolo, poi mi volto di nuovo verso gli altri. Sono ancora vicino ai cespugli e sembrano impietriti.

Alla fine l'incantesimo è rotto e Zane agita il pugno verso di me.

«Me la pagherai, Frankenstein!»

«Sì» aggiunge Spencer. «Sei nei guai!»

Dovrei preoccuparmi, ma per qualche strana ragione non me ne frega un accidente. Anzi, mi sento euforica, quasi esaltata, come se la mia squadra del cuore avesse vinto il campionato.

Con un sorriso enorme, rivolgo le spalle ai maschi e mi avvio verso casa.

Cap. 9

9 OTTOBRE

ore 15.10

«Forza, Amigo. Andiamo!»

È la prima volta dall'intervento che lo porto alla riserva e lui non vede l'ora di andarci. Di solito, dopo una giornata intera chiusa a scuola, mi sento anch'io così. E invece in questo momento non so bene dove vorrei essere. Seduta nella casa sull'albero? Nascosta nella mia camera? Imbarcata da clandestina su un piroscafo diretto in Madagascar?

So solo che vorrei essere lontana dai compagni di scuola, soprattutto da Zane Hamilton e dai suoi amici idioti.

Monto in bici e comincio a pedalare, più lentamente del solito perché Amigo non è ancora tornato veloce come un tempo. Quando arriviamo alla riserva lo libero. Lui annusa l'erba e fa qualche saltello di prova. Non cattura nessun topo e la cosa mi fa piacere. Dopo quello che è successo oggi, non sono dell'umore adatto per vedere una creatura innocente inseguita e fatta a pezzi.

Non voglio pensarci, ma i ricordi continuano a inondarmi la testa. Zane e i suoi amici che mi aspettano nei pressi della scuola. Il ghigno di Zane. Le voci sgradevoli che mi prendono in giro: «Secondo voi è maschio o femmina?».

«L'uno e l'altro».

«Né l'uno, né l'altro».

«È un mutante!»

«Uno sgorbio».

«Ehi, Frankenstein, perché non ci fai vedere quello che hai? Così capiremo veramente».

Ho continuato a pedalare come sto pedalando adesso verso l'ingresso di Stiegman Street. Mi guardo intorno alla ricerca di Casey, che per fortuna non c'è. Lascio la bici e mi arrampico sull'albero. Lassù è molto tranquillo, solo il cinguettio degli uccelli e l'aria fresca che fa frusciare le foglie. Allungo la mano e ne tocco una. Ha i bordi rossi, chiaro segno che l'autunno è arrivato.

Altri ricordi. Zane che alza la mano mentre ci sediamo ai banchi.

«Professoressa Anstine, John Frankenhauser non è un maschio. Ieri mi ha detto che è una femmina!»

Avevo tutti gli occhi addosso. I compagni erano scioccati, ma la prof no.

«Davvero?» ha detto con un sorriso.

«Sì» ho ammesso. «Il mio nome sul registro era sbagliato e... e io non ho detto niente. Il mio vero nome è Joan. Joanie. Cioè, tutti mi chiamano così».

«Benvenuta nella scuola di Yardville, Joanie» ha detto allegra la professoressa Anstine, proprio come aveva fatto il primo giorno di scuola. Poi, rivolta alla classe, ha aggiunto: «Andate a pagina venti del libro di lettura. Chi vuole leggere il primo paragrafo ad alta voce?».

Avrei tanto voluto abbracciarla e l'avrei fatto anche dopo, quando è suonata la campanella dell'intervallo e lei ha detto:

«Joanie, posso parlarti un momento?».

Bene! Così mi ha risparmiato gli sguardi e le domande dei compagni (almeno per il momento) e soprattutto mi ha evitato di dover affrontare Zane.

Il mio sollievo è sparito quando mi sono resa conto che avrei dovuto affrontare lei. E invece è rimasta molto tranquilla.

«Dovrò dirlo ai tuoi genitori, lo sai» ha detto con tono pragmatico.

Ho annuito. Tanto l'avrebbero scoperto comunque. Di quello ero certa: Zane avrebbe sicuramente aperto bocca alla festa d'autunno.

«Non credo che quanto è successo sia indice di gravi problemi psicologici» ha aggiunto «e non voglio che i tuoi lo pensino. Sempre che non mi stia sbagliando... Tu che ne pensi, Joanie?»

«Sì... no. Cioè, come ha detto lei» ho risposto in fretta.

Lei ha riso.

«Bene, ma devi fare una cosa per me. Mi dici cos'hai imparato da questa esperienza?»

Sono rimasta di sasso. Cosa avevo imparato? Cosa voleva sentirsi dire?

«Che le bugie non si dicono?» ho provato.

Lei mi è sembrata delusa.

«Puoi fare di meglio, Joanie. Voglio che ci pensi, molto intensamente, e che scriva qualcosa: una lettera, un tema, una storia di Superkid... Quello che vuoi, ma promettimi che racconterai quel che ti è successo e che quando avrai finito me lo mostrerai».

«Va bene» ho detto. «Lo prometto».

Lei ha sorriso.

«Vuoi uscire per l'intervallo?»

«Veramente no».

«Allora prendi questi fogli, siediti e comincia a scrivere».

Quando ho preso i fogli, ho notato la felpa rosa sullo schienale della sua sedia.

«Dove ha trovato quella felpa?» le ho chiesto.

Lei si è voltata e l'ha guardata.

«Questa? L'ho trovata per terra, in classe. Avrei dovuto portarla all'ufficio oggetti smarriti, ma avevo freddo e l'ho usata. Devo averla dimenticata qui».

Ho sorriso. Sapevo che la mamma sarebbe stata contenta.

Mi affaccio dalla casa sull'albero per controllare che Casey non stia arrivando e mi siedo con la schiena appoggiata al tronco.

Mi tornano subito in mente i ricordi del secondo intervallo. È stato proprio come avevo temuto. Zane è di nuovo con la vecchia banda, Spencer, Ernesto, persino Miguel, e tutti mi hanno circondato e hanno cominciato a prendermi in giro.

«È un maschio con una maglietta da femmina o una femmina con i pantaloncini da maschio?»

«È Superkid!»

«Supersgorbio è più appropriato!»

Solo Casey mancava. Quando ho dato le spalle al gruppo, l'ho cercato con gli occhi al campo giochi e l'ho visto sulle altalene, un angolo di solito evitato da quelli più grandi, perché troppo da bambini. Stava andando forte, si librava verso le nuvole. L'ho guardato desiderando di dondolarmi con lui.

Ma mi avrebbe voluto accanto a sé? Non mi stava molestando come Zane e gli altri, però non mi si era ancora avvicinato.

Zane e i suoi amici mi stavano ancora insultando. Mi è tornato in mente il piano di ieri, cioè dirgli che mi ero finta un maschio apposta per scoprire com'era essere come loro. O, meglio ancora, per spiare i maschi e capire tutti i loro segreti.

All'improvviso, però, mentire mi sembrava inutile. Ieri avevo messo in imbarazzo Zane quando l'avevo allontanato da Lucinda e perciò lui doveva vendicarsi. Sui maschi, o almeno su quelli come Zane, avevo imparato abbastanza da sapere come funziona. E nessuna parola o gesto avrebbero cambiato la situazione.

Invece di provare a spiegarmi, ho voltato la schiena e sono andata alla fontana. I ragazzi si davano gomitate e m'indicavano mentre gli passavo accanto. Quando mi sono chinata a bere, ho sentito le risatine.

«Ciao» ha detto una voce femminile alle mie spalle.

Ho sollevato la testa e ho visto Lucinda.

«Ciao» ho ricambiato il saluto con un debole sorriso.

«Sta' tranquilla» ha detto lei. «Tra un paio di settimane tutti se ne saranno dimenticati, ma ovviamente non potrai più giocare a football con i maschi».

«Lo so». Poi, sforzandomi di trovare il coraggio, ho indicato i canestri e ho aggiunto: «Magari ogni tanto potremmo fare qualche tiro insieme».

Lei ha scrollato le spalle.

«Può darsi» ha replicato e si è allontanata.

Ora, seduta nella casa sull'albero, emetto uno stanco sospiro. Il "può darsi" di Lucinda si trasformerà mai in un "sì"? O passerò da sola il resto dell'anno?

Ricordo a me stessa che ci sono già passata. Eppure, dopo una settimana trascorsa con i maschi a giocare a football e a pallacanestro, mi ci vorrà un po' per riabituarmi.

All'improvviso sento un rumore sotto di me. Con il cuore in gola balzo in piedi e mi affaccio.

È Casey, si sta arrampicando!

Oddio. Per un istante, medito seriamente di correre dall'altra parte e saltare giù. Casey alza gli occhi e ci guardiamo. Lui distoglie in fretta lo sguardo, esita, poi continua a salire.

Decido che è meglio non lanciarsi giù. Non credo che mi piacerebbe passare tutto l'anno con il gesso, perciò torno a sedermi. Poco dopo appare Casey, entra nella casa e si siede di fronte a me. Nessuno si muove. Nessuno parla.

«Perché l'hai fatto?» mi chiede infine, guardandosi i lacci delle scarpe. «Mi sento un idiota, se penso a come mi hai imbrogliato».

Che delusione! Crede che l'abbia fatto per scherzo, per prendere in giro gli altri e farli sembrare stupidi. Per far sembrare *lui* uno stupido.

«Non volevo prendere in giro nessuno» rispondo. «È come ho detto in classe. La Anstine ha letto male il mio nome e io non l'ho corretta. Poi non sapevo come uscirne. E inoltre» ammetto «non volevo».

«Perché?» mi chiede, imbronciato ma anche incuriosito.

«Perché non volevo più essere una femmina. Credevo che per i maschi fosse facile. Non devono vestirsi in un certo modo, sembrare carini o fare i leziosi». Ho scrollato le spalle. «Ma ora... sono confusa. Non è affatto così semplice».

Casey scoppia a ridere.

«Essere maschi non è una passeggiata. È difficile fare sempre i tosti, soprattutto quando quelli come Zane ti stanno addosso».

«Non mi rendevo conto di quanto fosse dura» ammetto. «Ma volevo così tanto essere accettata, che ho continuato».

«Sì, so cosa vuoi dire. Ma questa è la parte strana: tu sei molto più brava di me a fare il *macho.* Non ti arrendi mai sul campo di football. Hai scalato la quercia come se fosse una sciocchezza». Mi guarda tra l'irritato e il rispettoso. «Sei una ragazzina tosta».

Rido. Era un po' che non mi succedeva e mi fa stare bene.

«Grazie» dico. «Ma si può essere tosti anche in altri modi».

Sto pensando a mia madre che si è presa cura di Amigo e sto pensando anche a Casey.

«Sei stato dal signor Corolla?» gli chiedo.

Rotea gli occhi.

«Era così arrabbiato che credevo chiamasse la polizia, ma alla fine abbiamo trovato un accordo. Lui non prenderà la mia paghetta e io gli farò dei lavoretti per rimborsare le spese del veterinario».

«Ci è voluto coraggio per affrontarlo» gli faccio notare.

Casey alza le spalle.

«Forse, ma che mi dici di te? Hai sfidato Zane mentre infastidiva Lucinda. Ci è voluto molto più coraggio di quanto io ne avrò mai».

«Non hai il coraggio di ribellarti a Zane?» gli chiedo. «E allora cos'è successo oggi all'intervallo? Perché non eri con lui e la sua banda?»

«Ti stava prendendo in giro! Io non volevo farlo. Per me sei un'amica».

Gli rivolgo un sorriso canzonatorio.

«Anche se sono una femmina?»

Annuisce.

«Una femmina che sa giocare a football meglio di te?»

Lui ride, poi annuisce di nuovo.

«Anche tu per me sei un amico» gli dico.

«Anche se sono un maschio?» mi chiede incrociando le braccia sul petto. «Un maschio che fa i biscotti meglio di te?»

«Che stiamo dicendo?» gli chiedo perplessa. «Che maschi e femmine possono fare tutto quello che vogliono?»

Lui scrolla le spalle.

«Credo di sì».

«Ma allora questo significa che tra di noi non c'è nessuna differenza. Siamo uguali».

Casey corruga la fronte e allunga le gambe.

«Ci dev'essere una differenza. Insomma, non siamo mica gemelli!»

Penso alla mia nuova maglietta attillata... e a quello che c'è sotto. All'improvviso mi sento ribollire le guance e guardo Casey con la coda dell'occhio. Quando mi accorgo che lui fa lo stesso con me, mi si ferma il cuore.

"Respira" mi dico. "Respira!" Non sta funzionando. Sto per svenire, lo so!

Poi, tutto d'un tratto, mi viene in mente cosa fare.

«La sai quella del rospo che chiama il sensitivo?» faccio. «Il sensitivo gli dice che conoscerà una donna che vorrà sapere tutto di lui. "La conoscerò a una festa?" chiede il rospo. "No," risponde il sensitivo "la conoscerai il prossimo semestre… a lezione di biologia!"»

Casey ride così forte che quasi gli manca il respiro e mi tocca dargli qualche pacca sulla schiena. Poi dice:

«Sei in gamba, Frankenstein, ma la situazione potrebbe diventare strana se rimaniamo amici. Non siamo più due maschi. Io sono maschio e tu… insomma, tu sei una femmina».

«Lo dici come se fosse una malattia» lo prendo in giro. «Non credere che comincerò a comportarmi diversamente, Dilliplane. So ancora dartele di santa ragione sul campo di football».

Casey sta per ribattere, quando all'improvviso sentiamo Amigo abbaiare. Casey salta in piedi e io noto che dalla tasca posteriore gli sbucano dei foglietti di carta.

«Che cosa sono?» gli chiedo indicandoli.

Lui li copre con la mano e alza le spalle.

«Ho lavorato alle illustrazioni per la tua storia. Non sono venute bene, ma…»

Io afferro i foglietti e li guardo.

«Non sono venute bene?» grido. «Sono stupende!»

Casey ride.

«Se vuoi, possiamo sempre fare quel libro».

Amigo sta ancora abbaiando, un uggiolio acuto in grado di rompere un vetro. Lo guardo e, quando mi vede, lui poggia le zampe anteriori sul tronco dell'acero e guaisce con tristezza.

«Da quando l'hanno operato, mi sta appiccicato ventiquattr'ore su ventiquattro» spiego.

«Ho un'idea» dice Casey. «Possiamo fare una piattaforma con un sistema di pulegge e tirarlo su».

«Sei capace?» gli chiedo incredula.

«*Siamo* capaci. Ti insegno io». Ride. «Cominciamo domani».

Domani? Lo stomaco mi si contrae. Domani ci saranno altri sguardi, altri sussurri, altri insulti. E quando la professoressa Anstine chiamerà i miei genitori... oddio! Non voglio nemmeno pensarci!

Ma domani non è ancora arrivato. Guardo Casey, il dolce, divertente e comprensivo Casey, e mi rendo conto che, per la prima volta dopo molto tempo, non sto pensando a cosa significhi essere femmina o maschio. Sono solo felice di essere me stessa, Joan Rebecca Frankenhauser, la migliore amica di Casey.

SUPERKID

in

Un giorno nuovo di zecca

di Joanie R. Frankenhauser

Da quando avevo guardato sconsolata i Superamici allontanarsi da casa mia erano passati molti giorni. Ora dopo ora, ero rimasta seduta da sola in camera, a piangere la perdita dei miei superpoteri. Non potevo più lanciare un frisbee alla velocità della luce o sfondare con lo skateboard il campo di forza ionica del Dottor Spavento. Anzi, le mie doti atletiche non erano superiori a quelle di un qualunque coetaneo.

La mia vita di supereroe era finita, eppure non riuscivo a dimenticare le parole di Ferramenta: «Bastano intelligenza e coraggio, e tu ne hai da vendere».

Avrei voluto credergli, ma che cosa sarebbe successo se non fossero bastati? Se la mia presenza sul campo di battaglia avesse addirittura messo in pericolo gli altri Superamici?

Se gli fosse accaduto qualcosa di brutto per colpa mia, non me lo sarei mai perdonata.

Un giorno, mentre ero in camera a giocare con un videogioco per passare il tempo, ho capito all'improvviso come superare il difficile schema in cui mi ero impantanata. È stato come un fulmine a ciel sereno. Ho continuato a giocare e il gioco, che mi era sembrato impossibile, era diventato semplice. In pochi minuti ho raggiunto il livello più alto. Una passeggiata!

Che stava succedendo? Ho preso il quaderno e ho fatto i compiti in cinque minuti. Poi ho aperto un libro di rompicapi e li ho risolti in un lampo.

Incredibile! Le mie superdoti atletiche erano state sostituite da una superintelligenza! E poi, come una lampadina elettrica che si accende, ho capito una cosa. Non avevo mai visto Zane, (Porcospino) e il Dottor Spavento insieme nello stesso posto. Anzi, ogni volta che c'era il Dottor Spavento, Porcospino sembrava sparire.

Che cosa significava? Sapevo solo che dovevo scoprirlo.

Ho riunito la Lega dei Superamici e siamo andati al laboratorio del malvagio Dottore. Il campo

di forza ionica non c'era e nemmeno il recinto elettrificato. Siamo entrati facilmente, ma il deposito abbandonato era vuoto.

«Dividiamoci e diamo un'occhiata in giro» ha suggerito Porcospino.

Io sono andata a nord, Ferramenta a sud, Lama a est, Bava a ovest e Porcospino sul tetto, per accertarsi che nessuno si nascondesse lì.

Una volta nel laboratorio del Dottor Spavento, dietro i tavoli con le provette e gli alambicchi per gli esperimenti , ho visto una lavagna ricoperta di equazioni. Con la mia superintelligenza nuova di zecca le ho decifrate facilmente e ho capito che il Dottor Spavento aveva creato un minicomputer, inserito in una maschera e controllato dai muscoli della faccia.

All'improvviso una voce ha gridato: «Prendetelo!».

Mi sono voltata e ho visto il Dottor Spavento e il suo esercito di topi cyborg che correvano verso di me. Oh, no! Senza le mie superdoti atletiche come potevo impedirgli di distruggermi?

La mia unica possibilità era catturare il Dottor Spavento. Col cuore in gola, ho zigzagato tra i topi. Uno di loro mi ha steso con la zampa pelosa, ma io mi sono rimessa in piedi. Non riuscivo a correre molto in fretta, ma ero decisa a non fermarmi. Un altro topo mi ha afferrato e mi ha morso il braccio con i suoi denti aguzzi, ma io mi sono liberata. Ho schivato due topi che stavano per aggredirmi e mi sono infilata sotto le zampe di un altro.

Alla fine ho intrappolato il Dottor Spavento dietro il tavolo.

«Richiama i topi» gli ho ordinato.

Lui si è limitato a sghignazzare.

«Arrenditi, Superkid. Hai perso i tuoi superpoteri. Sei finito!»

Ho guardato la sua faccia crudele. Il Dottor Spavento rideva di gusto, ma perché la pelle era così rigida? Si muoveva appena.

All'improvviso ho capito! Lanciando un grido di trionfo, mi sono scagliata su di lui, gli ho afferrato le guance e ho tirato con tutte le mie forze.

Con uno strappo rumoroso, la sua faccia mi è rimasta fra le mani rivelando la vera identità del Dottor Spavento: Zane Hamilton!

«No!» ha urlato lui coprendosi il viso con le mani.

Nella maschera c'era il minicomputer che controllava i topi cyborg e io l'ho gettato a terra, rompendolo in mille pezzi.

Con mia grande sorpresa, i topi si sono lanciati addosso a Zane.

«Fermi!» ha strillato lui. «Dovete attaccare Superkid, non me!»

Ma i topi non erano più programmati per obbedire al capo e credo che fossero stufi di essere comandati, così stufi che volevano vendicarsi.

Squittendo con piacere diabolico, hanno aggredito Zane con sete di vendetta. Nel giro di pochi secondi lo avevano fatto a pezzettini e stavano masticando le sue ossa sanguinanti.

I Superamici hanno sentito il fracasso e sono corsi nella stanza. Quando hanno visto i topi a quattro zampe che squittivano sono rimasti scioccati. Io gli ho raccontato cos'era successo.

«Con la sconfitta del Dottor Spavento la città è salva» ho detto. «Andiamo a casa e torniamo alla nostra vita normale».

«Vuoi dire che dobbiamo rinunciare ai superpoteri?» ha chiesto Lama incredulo.

«Perché no?» ho detto. «È divertente essere ragazzi normali».

«E che ne sarà della fama?» ha gridato Bava. «Del potere? Io non voglio rinunciarci».

«Suggerisco di fondare un'altra Lega di Superamici con me come capo» ha detto Lama.

«Tu? Perché proprio tu?» ha chiesto Bava. «Io sono più tosto e molto più coraggioso di te».

«Davvero?» ha detto Lama inferocito. «Dimostralo!»

Ben presto i due supereroi si rotolavano per terra prendendosi a pugni. Le maschere sono cadute e i costumi si sono strappati. A quel punto non sembravano più supereroi.

«Che idioti» ha commentato Ferramenta togliendosi la maschera e sorridendo.

Io ho seguito il suo esempio e ho ricambiato il sorriso.

«Sono stufa di nascondere la mia identità» ho detto. «E sono anche stufa di combattere. Essere Superkid è stato forte, ma per un po' voglio vivere come una ragazza qualunque».

Casey ha guardato Lama e Bava. Erano seduti sul pavimento, ricoperti di tagli e lividi, e stavano ancora gridando. Non erano più supereroi, ma solo i vecchi Spencer ed Ernesto, e sembravano solo due perfetti cretini.

«Andiamo via di qui» ha detto Casey tendendomi la mano.

Io l'ho presa e siamo usciti insieme dal deposito, camminando felici nella luce del sole.

INDICE

Paola Mingoni
La fabbrica dei topi

Chiara Rapaccini
Dammi un whisky, Samanta!

Silvia Roncaglia
Il grande sbadiglio

Elisa Prati
I pensieri nell'armadio

Christine Nöstlinger
Occhio al professore!

Luigi Ballerini
L'estate di Nico

Dalia B. Cohen
Uri e Sami

Lia Levi
Un garibaldino di nome Chiara

Giusi Quarenghi
Strega come me

Francess Lantz
Joanie il maschiaccio

Guido Sgardoli
Corri, Gummo, corri!

Indigo
Voglio un cucciolo!

Aquilino
Ti salverò, canaglia

Kathy Kacer
Un posto sicuro

Angela Nanetti
La compagnia della pioggia